黄金郷の河

鈴木貴雄

Suzuki Takao

風詠社

目次

黄金郷の河

エレクトアリス

装幀　２ＤＡＹ

黄金郷の河

第一篇

　生い茂る木々をかきわけ電車が進む。生命がいかに力強く繁るか確かめるように木々は茂る。線路に沿って広がる田畑。牛たちは枯れかけた草を木訥《ぼくとつ》と咀嚼《そしゃく》する。清潔な車内にはようやっとモラトリアムに捕捉されかけた少年少女たち。あるいは、流れゆく景色に魅入られ時間を忘れた旅行者。木々と牛たちと田畑に守られながら、電車は定刻通りに運行プログラムを遂行する。

　年季の入ったバラックの倉庫と、その側面に掲示されたもはやインフォメイションの機能を果たしていないブリキの看板。放置されたまま誰も注意を払わない。設置した企業団体の宣伝効果を追求する意志だけが、まるで孤独な惑星のように残っている。永久を見たければ、ここに来ればいい。具象が閲覧できるわけではないが概念は把握できよう。

　五月。稲の手入れはひとまず落ち着き、今は野菜を植えた畑をちょこちょこ手掛けるのがもっぱらの日課だ。贔屓のプロ野球ティームが負けっ放しなのもひとつの風流だと思えば癪でもない。家族も同居しているのは女房だけなので時間がゆっくり通り過ぎる。持ち回りでの寄り合いがあれば馴染みと冗談の飛ばし合いができることもあり、幸せなものだ。今更むかしはああだったこうだったでもない。大地と共に生き、大地が夜の安らぎを保証する。じんわりそのことに気づいたのは最近だったか、それとも七〇年掛けてそれを学んだのか、もはや考えるまい。畑の虫はこまめに行き先を探し、蕪と蕪の間を行き来する。植えてあるニンジンは、彼の応援している球団の勝率を日ごとに知っている。雑草とそうでない葉とより分けている際に、彼の口ずさむ鼻歌を聴いておれば判ることである。

水が勝手に流れているのか、それとも陸が何らかの事情で水の流れる帯を設けたのか、どちらにせよ町とともに川は在った。とき折りスピンカーブを見せるその自然の表情は、人間の目を癒し、しばし心に宝物のようなヴィジョンを刻む。水源からさほど離れていないためか川べりを荒々しく浸食し、しかるにそれ以上におだやかな水面を保っていた。

都市部の大学で学び教員としてこの町に戻ってきたときは、感慨深かった。ここが自分の故郷なのだ。お気に入りのスポットが次からつぎへと発見できる。古い造りの家が建ち並ぶメインストリイトの景観は貴重な財産と言えよう。小粋な食事処もちょっとした自慢だ。外房の港からそう遠くないため新鮮な食材が手に入り、なおかつ山菜や家畜の産地でもある。離れてみると判るものだ。祖先が育んだ町の生活の与えるゆとりを。彼女は生徒の間では変わり種としてルゥモアは尽きなかった。授業は奔放で結局のところ人気があったのだ。彼女の授業を嫌いという生徒は少なかった。むしろ彼女は国語を嫌いと言う生徒に教育者としての情熱を注いだ。嫌いならば置いていく。そんな考え方では教師を名乗る資格はない、というのが彼女の持論だ。

どうしても国語が好きになれない。なぜこんな科目があるんだ。日本語ならいつも話してる。それをあらためて勉強させられるからこっちも混乱する。行け、行く、来る、来る、来て、来よう、コ。だったか、ああ、もうやめてくれ。そんなこと勉強しなくても言葉は話せるよ。だからあの解答文へ素直に書いてやった。前回の定期テストには作成者なりのエスプリが掛けてあった。あなたの住むこの町の嫌いな所を述べよ。一〇点。誰にでも書ける事では試験にならない。普段口にできないけど心に潜んでいる思念を表現させてこその母国語の教育でしょ。私は女だてらに乾坤一擲な教師でありたいの。あの先生は冗談がきついな。こんなのテストの問題じゃないって。でも空白じゃくやしいから書いてやったさ「有りすぎて書ききれません」。ある種のトラブルメーカーとしてポジショニングしている自覚はあったので覚悟はしていた。しかし、ひとたびそれが現実のものとなると、いっときのスリルが体をほとばしる。呼び出し。不見谷のリアクションはデータ不足だからなあ。謝り通すしかないね。ホネは拾ってやるよ。行って来い。ああ、行ってくる。行け、行く、来る、来る、来て、来ます、コ。君の解答は素晴らしかったね。まず「有りすぎ」。書き出しとしては申し分ない。簡潔にして要領を得ている。続く「て」、主節と接続詞の織りなす優美な旋律。「ぎて」って、音が良いと思わない。オノマトペも斯くやのごとしよ。そして「書き・きれ」。もう書けないよ。そんな切ない主張に満ちている。「ません」。断言だね。必要十分な結び。全体的にちょっとそっけないキライがあるけど、それも問題文に対するある種のアイロニーを示唆しているとしてプラスに評価しておいたよ。一〇点満点。呼び出すほどでもないけど、あなたの解答、先生は感動したな。それが言いたかったのよ。不見谷先生の言動は予測不可能だな。ツレにも話しようがない。こってり絞られてきたぜ。ほとんどの生徒は当たりさわりのない解答ばかりだった。でも、嫌いなところを知っているから、もっとこの町をよく知りたくなるのよね。彼は自分のフレーズに自信を持って表現した。私の言葉をイヤミやおべっかと取るかも。それでも構わない。

休日は生徒と会えないのがちょっと残念。でも電車に乗って町まで来る。ここは由緒ある図書館。整然と並んだ書物に囲まれると心が安らぐ。蔵書はあらかた目を通してしまったので、今ではヨーロッパ絵画の画集を閲覧テーブルで眺めている。イタリア人は人物の画き分けがなんて繊細なんでしょう。そして現役の学生はノート広げてせっせとお勉強。なんだか学生時代を思い出すなァ。ただし彼女は当時マンガに夢中であまり自習した思い出はなかった。お嬢さん、絵が好きなのかい。壮年の旅行者が不見谷に声を掛けた。ええ、お詳しいんですか。この町では訪問者から声を掛けられることはそうめずらしいことではない。五十の手習いさ。わたしは詳しくないんですけど、古い絵って色合いが素敵ですね。当時は絵の具の特性に今とは比べものにならないくらい力を入れていたからね。それに、現代ではもう手に入らない顔料も使っていたんだ。今は大抵のものはディジタルペインティングで作っちゃうからね。便利になったぶん、本当に永く残る作品は少ないんじゃないかな。どちらからいらっしゃったんですか。名古屋だよ。あした養老渓谷を廻って、あさって東京に帰るんだ。ひとり旅も良いもんだよ。左様でしたか。ロマンティックですね。そんな柄じゃないんだ。ここはのんびりしていて良いね。食い物は旨いし、静かで落ち着く。また来たくなるよ。ありがとうございます。なんでしたら、もう少しゆっくりなさったら良いのに。うん。そうしたいね。でも、ほら。俺はノマードだから。車窓を流れていく景色がメシより好きなんだ。ときにお嬢さん、こう言っちゃ何だが、地元の人にしてはハイカラなもの言いをするね。不見谷は笑みとともに目を細めた。何か懐かしかったのかもしれない。そんなことありませんわ。わたしは国語の教師なので。

　これから店の手伝いが始まる。学校から帰る時間から仕込みが始まり、宿題を切り上げる頃には夜の来客のピークだ。宿題終わるまで店に出なくていいから。母はこの頃僕に気を遣う。三年生になったからかな。不見谷先生に心配掛けたら申し訳ないでしょう。大丈夫だよ国語以外はね。まあ、あれは褒められたわけじゃないが叱られたわけでもないし。彼はテストの一件は誰にも話していなかった。どのように説明したものか案じていた……あるいは、照れていたとも言えよう。おとうさん、うちの離れのオンボロの看板、あれ、みっともないからもう外しちゃおうよ。看板なんてあったたか。知らねえよ。いちいち覚えていられるかそんなもの。じゃあ外しても構わないかしら。この町には旅人さんもいらっしゃるし。明日業者さんを呼んで撤去していただくわね。待ってよ母さん。彼と大人たちとの認識はいくらか違いがあったようだ。風景は、いわばアートなんだ。僕らから見れば大して意味が無いような物でも、お客さんにとっては大切な景色なんだよ。きっと。息子にしては意外な見解を述べたので少し驚いた。父は何も言わず客のための料理を作っている。この店のゴーヤチャンプルーは絶品だねえ。ニガウリの苦さを肉の甘みが丁度良く包んでる。客のひとりが料理人に賛辞を贈った。まあ、そこまで言うなら、母さんもう良いわ。でも、国語にもそれくらい熱く取り組んでね。変わるものと、変わらないものがある。一度来た訪問者は、いつか、必ずもう一度来る。そのときに、どのように感じてもらうか考えること。それが町に生きる住人のノーブレス・オブリージュであると、僕は思う。

加速レバーは常に低速走行を維持。それ以上はスピードを出さない。お客さんに景色をよく眺めてもらうため。そして、今この時代の町の風景がゆっくりと流れるように。路線も風景の中のファクターのひとつだ。運転手は固くそう信じていた。春は麗しい菜の花畑。夏は逞しき入道雲。秋は紅葉のグラデーション。冬はいさぎよく地肌を見せる丘。交差駅で認識タブレットを相手運転手と交換する。単線路線ならではの作業だ。このタブレットには電車の安全と運転手の信頼が懸かっている。電車の運行にとって大切な標識だ。だが、タブレットを交換しているのは、なにも運転手だけじゃない。乗客もまた、路線を伝わって大切な人と合鍵をやりとりしているのだ。

もうナイトゲームの結果にやきもきすることもなくなった。テレビ中継が放送されなくなったのだ。今の若者は声が枯れるほど野球を応援することも知らずに育つのか。俺は諦観しているからさっぱりしたものだが、変な世の中になったな。あぜ道に不見谷が寝転がっていた。たまの気分転換にこうして里の空気を吸収するようだ。あんた、学校の先生だろ。こんにちは。お父さんの土地でしたか。済みません、勝手に。彼はかぶりを大きく振った。そんなことは良いんだよ。今は教師も楽じゃないだろ。ゲンコ出したら親が騒ぐ。

いいえ、みんな良い子ばかりです。それに、この町には豊かな緑があります。彼らが最高の教師になってくれますよ。ああ。安心したよ。ちゃんとわかってくれる人が先生やっているんだな。彼は嬉しかった。彼がどこかで信じていた思いを彼女が代弁してくれたからだ。世の中がどう変わっても、最後は大地と緑がトリートメントしてくれる。なぜなら、遠い昔から人間を育ててきたのは他ならぬ彼らだからだ。遠くの崖の下を流れる川が、傾いた太陽の光を受けて金色に光っていた。きれい。水面がキラキラ光っている。そして川をはさむ山あい全体がほんのりと赤く染まり始めた。エルドラドってこんな景色かしら。

第二篇

一度も訪れたことのない街とは、彼女にとって一度も触れたことのない空気だ。一度も迷ったことの無い人生とは、彼にとって一度も踏んだことのない存在だ。どちらも混じらないという点においては、健全だろう。それでも魂が継承できるならば。

色色とロゴスをこねくり回してその存在を認めたり否定したりと周囲は忙しいが、彼らも好きこのんでやっているのではなかろう。それが人の業とし、ニュートラルな想いを静かに忍ばせたとき、明日は僅かでも近づく。システムは人を受け持ち、土は心を護り、鐵道は明日を運ぶ。時間稼ぎならともかく、煮詰めたからといって足りない調味料が鍋に湧き出る訳ではない。

六月、旅館では時期が梅雨に入ったためか閑散としていた。創業数百年来の空間が今でも静寂なままである。午後の時間、光が通る音まで耳をそばだてれば聞こえたかもしれない。旅行者はこの宿で情緒あふれる造りに身をゆだね、ビジネス客は喧噪から離れた静かな空気にまた疲れを解きほぐす。土地に護られ、人に喜ばれて宿は暖かみを保つ。


車両から降りると、青年は町の空気を軽く浴びた。緑の薫りが肌をなでる。

「古い町に新しい季節がそよいでる……早く宿に行ってみよう。どんな感じか楽しみだ」

雨が上がりもっさりと曇が広がる午後の空、風は涼しかったが、もうすぐ夏の訪れを感じさせる薫風だった。町は静かで、青年が心のどこかに置き忘れていた懐かしい風景を思い出させた。枯れているようで、だが歴史が今に息づいている街路の先に、宿がある。


宿は年月を感じさせる造りで、仮漆を重ねた檜板の外壁が時代を物語っていた。

「いらっしゃいませ。どうぞこちらへ」

女将が青年を一階の客室へ案内する。内装は比較的新しい様子だったが、梁《はり》や鴨居に古い建物の趣が感じられた。

「よく、ここまでの建物を保存して来られましたね」

「はい。大工さんのこまめなメンテナンスのおかげ様でございます。創業来、装いを大きく変えないようにといたしてまいりました。年月を隔て二回、三回いらっしゃるお客さまが宿を探す際、迷われないようにと考えております」

「建物自体を研究対象にもできる。ここなら落ち着けそうだな」

青年は、大学院の史学科で日本の外交史を研究している。著名な史学家に会うためにこの町を訪れたが、彼にとっては古めかしい宿場も格好の研究素材になるようだ。風呂に漬かりながら初めて訪れたこの町のことをあれこれ案じた。

「静かだな。同じ田舎だけど、僕の故郷ともまた違う。東京からそんなに離れていないのに」

夕食を部屋に運び入れる際に給仕の女性が青年に尋ねた。

「歴史の研究をやってらっしゃると伺いましたが」

「はい。日本が外国と徐々に関係を結ぶ過程での、各地の郷土が諸国と交流した話を集めています」

「まあ。この町にもそんなお話があるかもしれないわね」

「詳しく研究をなさっている方がいらっしゃると聞いて、お会いするために参りました」

「ごゆっくりどうぞ。さあ、夕食です」

「わあ、おいしそうなうなぎだ」

「今、お吸い物用意しますね」

青年は久しぶりともいえるごちそうを口にした。

「気持ちのいい場所でおいしいものを味わえる。贅沢というありきたりな楽しみともまた違う、旅の体感だな」

　研究のための来訪とはいえ、大学院では激務が続いていたので、味わい深い旅になるのがうれしかった。その夜、虫の声と葉のさわめきの中で青年はぐっすり眠る。


　翌朝、青年は史学家の自宅を訪ねる。目的地は田園に囲まれた里にあった。宿で借りた自転車で二〇分程の距離を走る。駅周辺の町並みを抜け里に出ると、心細さと冒険心が呼び起こされた。

「見渡すかぎりの田畑だ。丘もダイナミックに迫る。広い町だから、本当に先生の家は見つかるかな」

　地図を頼りに、とき折り住民に方向を尋ねながら、目的地に到着する。

「よく来たね。会えて嬉しいよ」

「初めまして、春雁先生。よろしくお願いします」

　青年は教授の紹介で春雁を知った。山あいの森に囲まれた小さな住まいにたどり着いたとき、卓越した学者であろうという予感で気持ちが高ぶっていた。家は必要十分を主張するようなシンプルな建物で、森からはみ出した木々が覆い隠すように繋っている。

「この町に来てどう感じたかい」

「はい。のどかで、自然にあふれていて、懐かしい故郷のような気がしました」

「私はここへ越してきて二〇年になるけど、毎日飽きることはないよ。年のせいなのかな。あんまりやかましいのは苦手でね」

「先生は、退官するまで都内の大学にいらっしゃったと伺っていますが」

「もう随分昔の話のようだな。あのまま居続けていたら、ストレスで参っちゃうところだったよ。ハッハッハ」

「ではさっそく、お伺いしたい件についてなんですが」


青年と春雁の討論は二時間に及んだ。春雁の知識は圧倒的で、青年は史学を俯瞰《ふかん》するメタな視点という概念について老練からアドバイスを受けた。春雁は四〇年の研究から確信するに至った持論で討論を総括した。

「国や民族を超えて、共感できるスピリットが、お互いの信頼につながったんだ。それが、愛であったり正義感であったり優しさであったりね。結局は心が大切なんだよ」

「なるほど。日本は島国なので外国からの影響には敏感だったように思いますが」

「日本だけが特別だったわけではないよ。外国から見たら最初は日本も得体の知れない国に見えたかもしれんよお。そうだ、良い話がこの町にも残っていてね」

町の歴史には十七世紀初頭のとある出来事を濫觴として以来ゆかりを結ぶ姉妹都市がある。中南米にあるシスター・シティとの文化交流を受け継いで、町民によりタンゴ音楽の演奏サークルが催されていた。演奏サークルと言っても、公民館でときおり演奏会を開くようなシンプルな活動をしているグループである。

「へえ、なかなか粋ですね。そんな逸話があったのですか」

「今日の午後、中央公園で演奏会があるんだ。君もぜひ行ってみてくれないか」

青年は春雁に教わった通りに演奏の開かれる公園にやって来た。数名の観客がセットされていた椅子に座って待機しており、さながらライブ会場の趣だった。

「あんたさん、ここに座りなよ」

年配の町民が躊躇している青年に声を掛けた。町民にお辞儀をし、隣の椅子に腰掛ける。

「どちらからおいでかい」

「都内です。大学の史学科で研究しております」

「へえ、じゃあ先生さんだ」

「いいえ、先生だなんて……肩身の狭い一介の書生ですよ」

「狭き門をくぐり抜けたんだろ」

「そんなんじゃないんです。就職活動が上手くいかなくて、やむなく修士課程に進学した成り行きで大学に残ってるだけですよ」

「先生さんよ、俺の倅もあんたの方でその日暮らししてるけどよ、俺は悲観してないぜ。俺ん家はちゃあんと建ってるし農場もある。いつでも還りたけりゃ還ってこれる。鉄道も通っているからな」

「還る場所があるって、大切なことですよね。でも、いつその道が断ち切られるか分からない世の中では」

「鉄路があり乗客が居るかぎり、道はそう簡単に無くなったりはしない。大切なのは心だよ。さあ、始まるぞ」

夕刻前の開幕だった。セッションは男性によるギター二人と、踊り子の女性一人で舞台に登場した。ラテン系の切なくも美しいリズムの中で踊り子は情熱的に舞う。観客は歓喜いっぱいでステージを楽しんだ。盛大な拍手で幕は閉じる。

ステージの終わった公園から引き上げる道すがら、青年はぽつりと町民に聞いた。

「大切なのは心だ、そうおっしゃいましたね」

「ああ、俺はそう思うね。金を集めた奴が偉いなんて、そんな馬鹿げた話があるかい」

「僕だって、せめて立派な心さえあれば、生活にこれほど苦労しなかったと思います。でも、周囲の人間は無関心で、あっけなくて、だから」

青年ははばからず胸のつかえを吐露した。老齢の町民は、だが戸惑うことなく青年を言い含める。

「その苦労が自分というものを作るんだよ」

「だからそれがどんなものかわからなくて……」

「悟りが拓けるかのごとく瞬時に理解できるものではないな。もがき苦しんでいるくらいで丁度良いんだ」

「そうなのか……そんなものですかね」

「七〇の年寄りだから解ることがあるんだ。わかいのには簡単に分かりはしないさ」

　わかれの挨拶の後青年は宿に戻り、夕食と浴湯を済ませ、寝床に入った。自転車で駆けた里の道、春雁の説話、美しいタンゴ、老齢の話。様々な出来事が浮かんでは消えた。

「明日は帰る日だ。また砂漠のような都市での生活か」

　思いを巡らせるのを諦めて、青年はライトのスイッチを消す。煌々と点っていた明かりが、忘れられた記憶のように部屋から消えた。横たえる彼の視線は宙をさまよっていたが、もうすぐ先ほどの明かりと同じように消える。なぜなら、朝にまた蘇るがためである。

第三篇

　晴れた日は気分がいい。くもっているが涼しいという日も気分がよくなるものだ。雨の日ですら気分がいいこともあるだろう。結局のところ、状況と感覚は引き合っているようでもあり、おのおの独立したものでもある。追いかけているつもりが、実際は自分が追われていたということもありえる。

　七月――いささか日和見的な政策も功を奏さず、幹線国道は大小様々な車両でごったがえしていた。平日のためマイカー群は少なかったが、流通のトレーラーと商用のトラックなどが、機械で作られた蛇のように連なっていた。とある営業マンもコーポレートマークの入ったハッチバックを疲労と重いまぶたと闘いながら運転していた。車列の進捗は緩慢で、交差点を通る度に赤信号に止められ、路上駐車の車両と対向車の合間を縫うように進む。カーナビゲーション・システムは無機質な声でしばらく渋滞が続くと告げていた。BGMに流れるFM放送のクラッシックだけが彼の心を癒した。

「次の訪問先はもうすぐだ。店長さんは腰痛の病みあがりだからそれを配慮して、それから新型機種のメリットを説明して――」

　二回目の転職から半年が経ち、彼が勤める零細企業では早くも中堅として任されていた。三〇代の従業員は彼一人で、部下は居なかった。商店で使われるキャッシュレジスタを販売する仕事で、雑貨店などが主な巡回先である。営業の職歴は長かったが、業務に慣れを感じられない一方で飽きを抱く時もあった。地味な仕事でやりがいもなく、鬱憤ばかりが溜まっている。

「金曜の午後は運転していてもむなしいし、このまま知らない街へでも行ってしまおうか」

　ラジオが夕刻前を告げた頃、目的の営業先へ到着した。国道から少し離れた細い川が流れる町の商店で、釣り人や流しのライダーを相手に乾物を売っている店である。エンジンを止めると店主が店先に笑顔で迎えた。

「店長殿、いかがですか。予後のほうは」

「おかげさまで大したことないですよ。ゴルフを控えているくらいです。あと酒もね」

「安心しました。お仕事をなさっていると、ご自身をいたわるいとまがなかなかできないものですから」

「まったく。何にでも効く万能な薬というものがあったら、欲しいものですな」

「在ったらいいですね。今度、探しておきます。さて、新機種の追加機能についてですが――」

店長が屋内に案内し、営業マンはレジスター機の特長を説いた。店主の妻がお茶を淹れた。店には他に誰もおらず、柱時計が時おりかすかに時を刻む音を立てる。新機能の説明は続いた。

「消費電力のカットにより、旧世代機と比較して一月当たり二・五円おトクになります。エコにもふさわしくリースに切り替えるとさらに経済的で――」

ひと通りの説明が終わった。店主は渋そうな顔をしていたので、営業マンは静かに彼の言葉を待った。

「実はね、既に他社の機種に決めてしまったのだよ」

想定外の返答に、営業マンは絶句した。

「でも、旦那さんのところとは三〇年来のお付き合いを頂いているので、今回も更新とうかがっていたのですが」

「あなたのところも不満はないんだが、他社から非接触型ＩＣカードに対応したレジスターを勧められてね。最近、電子マネーを持ってるお子さんがちらほら来るようになったので、うちが受け皿になれたらってね」

「わかりました。社で検討してみます」

営業マンは挨拶をして商店を後にした。運転しながらも、他社機に乗り換えるという店主の言葉が頭から離れなかった。

「ＩＣカードか……気がつかなかった。うちの社長になんて説明すればいいんだ」

　車は営業所へ戻った。商用ビルディングの二階にある小さな所である。部屋では社長だけが残っていた。

「ただ今戻りました」

「おう、お帰り」

「午前中の二件は滞りなく済みました。報告書に入力します」

「うん、ごくろうさん」

　彼は乾物店での一件をどのように切り出すか躊躇した。

「それから」

「店長さんの様子は」

「はい、お体は大丈夫そうでした。けど、更新は……」

「無理だったのか」

「電子マネーのＩＣカードだそうです」

「やられたな」

「気づきませんでした。自分ではコンビニとかで使っているのに」

「うちのところでもあるにはあるんだよ、ＩＣカード。でも、なかなか末端まで情報が降りてこない。新しいものは理解されるのに時間が掛かるんだ」

二人は落胆し、会話が途切れた。営業マンは自分にはどうにもできないもどかしさを感じていた。社長は彼の気持ちもくみとり、やはり自身のふがいなさを忍んだ。

「まあ、いいさ。今回のことはケーススタディとして上に報告するよ。また次回頑張るんだ」

「はい。済みませんでした」

社長は営業マンを残して退社した。営業マンは報告書をまとめるため残業する。パソコンに向かいながら、ぼんやりと過去の事を思い出すでもなく考えていた。昔の仕事で百貨店にて接客をしていた頃である。当時は風水占いが流行し部屋の模様替え目的の客が増えそれなりに賑わっていた。彼も自分なりに見栄えのする家具の組み合わせを進んで勉強した。家族連れには温かみのある色合いに。女性にはカラフルに。単身者には落ち着きのある部屋に。彼の努力は少しずつ実り、メーカーの新商品が次々と店にやってきた。部下へ自分のノウハウを惜しまず伝え、それにより顧客の層も広がっていった。だが、彼はある時変化に気づく。ひと頃より来客が減っている点である。慌てて広告や営業に注力したが、結局ライバル店と小さいパイの奪い合いをしているに過ぎなかった。少子化の影響である。以来彼はその事について考え仕事に反映するよう心がけるが、どちらかというと押し流すような現実に抗えずにいた。そして今がある。

「あの時悩んでいたことは、今役に立っているのだろうか。もう分からない」

報告書は出来上がり、帰り支度をした。時計は午後八時を回っていた。事務所の戸締りをして、階段をおりる。外に出て空を見上げたが、星は出ていない。梅雨明け前の夜の風は乾いており、半袖シャツでは心もとなかった。ふと、遠くから華やかな光が散っているのが見えた。

「花火だ」

勢いよく打ち上がると瞬く間に色を変え、夜空のあいまに吸い込まれて行くその光は、彼には遠い別な世界の出来事のように思えた。

「これで、いいんだ」

彼はひとりつぶやいた。ささやかな会社で殖産を念じ触れ合いに重きを置く人生において、社会を支えている実感が、そこには在る、と。

車を走らせている間も、しばらくは光の花が見えた。移動する空間からちらちらほら見える様子は、なかなか手に入らない楽しみのようでもあった。ふと、人恋しさもあり、ラジオのスイッチを点けた。リスナーからの人生相談に答える番組だった。

「――ただ今のご相談では、不眠が続いてストレスがたまり職場での人間関係が上手く行かないというお話でしたが、さて、先生はどのようにお考えになられますか」

「そうですね。これは働く多くの方に当てはまる悩みだと思います。先ずはご自身の居る状況を冷静に整理することですね。もう過ぎてしまった事を思い出して悩んでも、得る物は少ないですよ。現在の状況で、歩き出すサポートになる手すりのような存在がどこかにあるはずですから、それがきっと見えてきます。僕は現役時代のオフの日にたまに座禅していたのですが――」

「えっ、マジシャンが座禅ですか」

「はい。マジックも、演技の凝縮ですから、それなりに気を遣うんです。それで、禅では基本的に簡素な生活をする、着るものも、食べるものも。シンプルを身にまとうんです。そんな事、普通に生活していたら出来ませんよね。そういう所で、気付く事が在る」

「新しいタネとかですか」

「ラジオで喋っていた方が楽なんじゃないかとかね、ハッハ。話は戻るけど、気付く事というのは、世界の在りようが、人間の存在そのものだということですよ。食膳を頂く。器に手を伸ばすと、それを手に取って美味しいものを食べられる。なあんだ、必要なものはもう目の前に在るんだな、てね。そういう感覚は、ヒト通有のもののはずですよ。今の方はデザイン会社でお仕事されていると仰っていましたけど、人間関係ストレスの悩みがそもそも業種問わず有りがちな話しでしてね。悩みが共通なら、出口を見つける能力も共有のものですよ。気づくことに気付いたときは、そのときにはもう悩みなんて消えているでしょう」

彼はラジオのボリュームを下げ、運転しながら横目で沿線の住宅街を見た。先ほどの輝やかしい光の群れはもう視界から去り、見なれた夜の中静かな灯りがまばらに浮かんでいる。

「何にでも効く万能の薬、か」

機械の蛇は漆黒にそびえ立つ高架線をなめらかに進んでいた。

第四篇

世界が今後どうなってしまうかわからないが、人は自立を求め、他人との差異を見て落ち込んだり得意気になったりする。普遍で不変な日常は、案外そのような無頼があざなっているものかもしれない。将来をせせこましく考えることにあまり意味はなく、おのおの自由に活動してよいのだ。なぜならば、皆ひとの数だけ理想を持って生まれ落ち、意識することなくそれを追求して歩んでいるのだから

その娘は念願かなって手に入れたスマートフォンで、映画を撮影しようと試みていた。初めは父母や庭の花などを撮影していたが、駆け回る飼い猫にクローズアップしてからはもう夢中になった。食事、昼寝、じゃれつき。恰好の俳優を見つけた映画娘は、学校の宿題も忘れて撮影に入れ込んだ。下半身からなめまわすように煽ってみると、モデルはニャンと鳴く。映画娘から演技指導が入る。ちょっと、動かないでよ。横パンの練習しているのだから。しかし俳優はそっぽを向いて聞く耳を持たない。母親は、猫に遊ばれているようにしか見えない娘にあきれて、父親にぐちる。まあ、あなたの娘ですから。しかたのな

い。映画娘の父はインデペンデント系の映画監督だった。お父さん、最近現場出てないね。ああ、ロシアのフイルム現像業者からの返却待ちでね。コンテを見ながらポストプロダクションの構想を練っているところだよ。そうなの、あなた楽でいいわね。いいや、俺は現場が一番だ。わたしのひとり娘よ。世界は広い。ペットを撮るのもいいが、青い空、白い雲、色鮮やかな自然をフィルムに収めてほしい。おお、カントク的発言来たね。それって後継指名宣言。それがかなわないなら、せめて庭に出て外を撮ってくれ。新しいフイルムの色深度を確認したくてね。私もちょっと家猫を撮りたくなった。モデルははじけたように庭に飛び出して縁の下に消えた

撮影の構想は最初から決まっていた。夏休みの校舎に忍び込み、学友をつかって撮影を試みる。シーンC。女生徒A、廊下を歩いて、ふと窓際に目をやる。するとそこには幽霊Aがいて、ほほえみをおくる。幽霊なんて無理。わたしも、吹き出しちゃって。キャストからの不平も想定のうちだ。大丈夫だよ、名女優さんたち。試写会はプレミアシートにしておくから。赤絨毯は近いゾ。七月の日差しがロケ地を熱くする。よーい、アクション。女生徒Aはぎこちないながらもクールを装う。廊下の入り口から中ほど辺りまで歩いてシナリオ通り外に目をやると、幽霊。ニヤッ……それじゃ妖怪だよ。冷ややかに、この世の存在じゃない感じで。じゃあ、こんな感じ。そうそう、普段通りでオーケー。あんた素で

幽霊っぽいし。なぬう、化けて出てやるわフイルムの端っこに。蝉の鳴き声、葉のさわめき。オーディオトラックにささやかなBGMが記録される

撮影は進み、ストーリーはそこはかとなく展開している。女生徒Aと幽霊Aは次第に心通わせるというのがその内容だ。だが今は障壁にぶちあたっていた。ピーカンに晴れた校庭でむつまじく語らう二人を撮る予定なのだが、雲ゆき也怪しく監督は天気とにらめっこしていた。予報では降水確率ゼロだったのに、今日撮らなきゃ運動部の休みが終わっちゃう。カントク、もう引き上げようよ。もう少し待ってみる。きっと良い天気になるから。日陰で三人は天気が回復するのを待った。どうして映画を撮ろうと思ったの。それはね、若気の至りをのぞき見ると赤面するじゃない。未来の私に、この作品を見せてキャー恥ずかしい、って思わせることが目的よ。でもね、将来そんな風に思えたとしたら、いまこの時代に力を振り絞って生を求めたあかし。キャーの分成長していればなお幸せ。キャストに選んだ二人だって、今だけしか……おおお、どういうことだ。天気はみごとに荒れだし、どしゃぶりの雨になった。二人とも、撮るよ。でも雨だよ、晴れを待っていたのでないの。シナリオを変える。女生徒Aと幽霊Aは、ささいな行き違いを理由にどしゃぶりの中泣き叫びながらけんかする。よーい、アクション。二人は濡れねずみになりながら演じた。監督はカメラがなるべく雨に濡れないようにかばいながら撮影する。オーディオトラックに

はデシベル昇圧したスノーノイズが聞こえるのみ。真夏の雨は梅雨の忘れ物のようにかったるい。カットは終了し、三人昇降口に逃れタオルで雨水を拭う。カントク、さっきのシーンのケンカの意味って、どんなこと。ああそれね、焼き鳥の軟骨派と砂肝派で二人のあいだで意見が分かれて、アツくなって口論。ヤ、ヤキトリ……大雨の中泣きながら熱演したのに、騙されーーックション

ひぐらしの鳴く夏の終わり頃。撮影隊、と言っても総勢三人だが、この日は駅に集まっている。ここで最後のシーンを撮影する予定であった。女生徒Aは引っ越しということで、電車に乗り込み幽霊Aと切ない別れを演じる。カントクはプラットフォームに歩んでいく二人を追いかけながらカットを重ねている。どうやら調子は良さそうだ。そして電車が来るまで時間を潰していた。高校生活の最後の夏が終わるね。卒業したらみんなバラバラか。地方各地で就職先を決めている生徒がほとんどだった。映画娘は台湾で仕事をしながら映画制作を学ぶ。三人はしばし沈黙していた。顔で泣いていても、心の中では笑っていたい。自分が強く生きることが、世の中のためになると、信じたい。待望の電車がやってきた。長い旅をする駿馬が主人を迎えるように、山あいからゆっくりと近づいてくる。一両編成で客は数えるほど。画角では到着する車両を受けながら、女生徒Aがフレームインし、止まった電車に乗り込む。タイミングぴったり、撮影順調。電車に乗った女生徒と、ホー

ムに残る幽霊。再会のあてもなく切なさに見つめ合う二人。電車はゆっくり発車し、傾いた日の照りが悲しさを演出する。色深度オーケー。そして二人は別れ、電車が見えなくなる頃、幽霊も姿が消えた。鳴くのを止めたひぐらしも、叙情的な別れを知っていたやもしれない

九月。いよいよ試写会披露の日となった。スクリーンの前で、カントクが口上する。石川や浜の真砂は尽きるとも、世に被写体の種は尽きん　恥を忍んではばかります。いいぞ、石川。誰だよ。六名ほどの観客が見守る中での試写であった。だが、いつまで経ってもなかなか上映が始まらない。どしたの、カントク。駄目。スマートフォンを操作しても再生できない。やらないのか、シラケちった。俺かーえろっと。設備の不調と知るや、集まりは雲散霧消していった。ちょっと見せてよ。機械の得意な男子が手にとって調べた。これ、水濡れマークが変色しているね。うっかり水に浸したりしてないかい。あっ。雨の日の撮影で故障しちゃったんだ。三人は肩を落とした。ドンマイ、カントク。また次回がんばろ。うん。ごめんね。せっかく出演してもらったのに。わたし、ふたりに申し訳なくて――。またいつか撮ろう。台湾に行ってメジャーになったら、私たちを本物の女優として呼んでよ。あ、ありがとう。ううん、見た目だけの幽霊で良ければ

　映画娘は家に戻った。ただいま。蚊の鳴くような声しか出ない。あら、早いこと。上映会じゃなかったの。それが――。はっはっは。お父さん、こっちは笑い事じゃないのに。そうよ。かわいそうな話じゃない。なんだそんなこと、いいじゃないか。良い経験になった。お父さんだってな、ロシアから返ってきたフイルムが、違う国の全然別な人のやつだったこともあるぞ。撮影した経験と、そのときに感じた心は、一生ものなんだ。上映できなかったのは心残りかもしれないけど、自分に積み上がっているものはちゃんと心で確認して、その重みをかみしめるんだ。時代は変わった。俺はフイルムの味わいが好きで撮ってるが、スマートホンとやらで撮るのは新しい試みだろう。とても有意義だったと思うよ。さて、新しいフイルムの出来映えをみてみようか。かあさん、ちょっとGSを準備して。今から映写ですか。うん。二人にも見てもらいたいんだ。母は映写機をテーブルに乗せ、父は部屋から持ってきた現像済みのフイルムをそれにセットした。照明が落とされ、上映は始まった。それは、映画娘が家猫を撮っている場面だった。あっ、あたしだ。映画の中の少女は目を輝かせながら撮影に夢中になっていた。この頃はまだ葉っぱが青いわね。うん。空の色もだんだん変わっていくよ。次のシーンは雨だった。ケンカの演技をしている学友と、それを必死に撮る映画娘。ずぶ濡れで帰ってきた日ね。えっ、こんなところまで撮ってたの。大雨でなかなか帰ってこないからね、探しに行ったら、なにやら面白いことをしていたので、撮ってみたんだ。映画娘は雨のなか真剣なまなざしでプレビューを見つめていた。そして、別れの駅のシーン。あの日の寂寥感が戻り、映画娘はうつむいた。あなた、よくタイミング良く撮れたわね。言っただろ。俺は現場が一番って。さあ、カントク、顔を上げて。君は広い世界にはばたく決心をしたんだ。このフィルムはその証だよ。たとえフイルムが色あせても、この意味は少しも変わりはしない。それが大事なことだ。上映がうまくいかなくても気を落とすことはない。これで分かってくれただろう。心で笑って……分かった。台湾に行っても頑張りなさい。映写機はかすかな作動音を立ててひぐらしの鳴いた空を再現していた

第五篇

　どれだけ社会が進歩しても、人間の苦悩や悩みは尽きることはない。苦痛を忘れるためにこそ人は快楽を求め、またある人は自分を捨てる。そうして新たな悩みを抱えるのもまた人間のさがだ。ゆくてを阻む障壁こそが、人生の本質ですらある

　ソーシャルワーカーの彼は車を住宅街の角に止めた。緊張をやわらげるため車の中で細長いため息をついてみた。時刻は午前三時。携帯電話をとりだしアドレス帳から探して発信した。相手は担当している外来患者のひとりである。発信音が五回鳴ったのち、彼は電話に出た。もしもし。心細い林の道のように相手は返事をする。やあ、時間通りに到着したよ。約束の場所で待ってるから、気をつけて来てくれ。はい、先生。やだなー、今日は先生はよせよ。今日のは勤務要領外だから、そうだな……運転手とでも呼んでくれ。はい、運転手さん。そう、うんちゃん。分かりました。じゃーね。会話が終わり電話は切れた。声の調子から察するに、いつも通りの彼だったかな。こちらが必要以上に明るく振舞ってて空回りぎみだったかもな。彼は下くちびるを噛み少しばかり内省した。少し待つ

と、相手が姿を見せた。ダウンジャケットをはおっていたがボトムはジャージだった。助手席に手を伸ばして開けてやると、相手はシートに滑り込んだ。暖房の効いた車内に二月の深夜の冷気が侵入する。寒くなかったかい。いいえ、お待たせしてはいけないと思って。平気さ。じゃあ行こうか。せんせ…運転手さん、その……。うん、なんだい。ハラヘッタとか。外套を脱ぎたいのですけど。ああ、そうだよね。ごめんごめん。後部座席に置いてくれ。これから東関道を経由して房総半島を横断するよ。そして外房の海岸に出る。とりあえず、リラックスしててよ。はい。緑色のコンパクトカーは真夜中の住宅街を出て、通りもまばらな国道に入った

最近は家でどんな風に過ごしているんだい。運転手はハンドルを握りながら相手に水を向けた。特に何もしていません。一日中ぼーっと。そっか。本とか読まないのかい。いいえ、面白くないですね。同じ内容の焼き直しばかりで。ほーう。シニカルだね。しにかるってなんですか。うーん、他人の価値観を否定してみせることかな。僕も語感でしか把握してないけどね。誰かの抱く価値観を、それを、他の人が肯定する必要があるのでしょうか。否定されて揺らいだり困ったりするような矜持など、最初から価値観として成立するものではない。ふーん。哲学だね。何もしていないと言いつつ、いろいろなことを考えながら過ごしているじゃないか。ある意味、君は哲学者だ。テツガク…。からかわないで

くださいよ。あっはっは。別にからかっちゃいないって。誰もがその人なりの哲学があるはずだよ。それに、誰もが集団に共通の価値観に縛られて生きられるという訳でもない。そこからこぼれた人を見捨ててしまうのは仕方ない面もあるけど、逆に自分が見捨てられる側になりうることも考慮しないとね。この世は弱肉強食です。負けた人間は強い者の餌食になるだけですよ。小さな世界に閉じこもっているような考えだな、君らしくもない。世の中広い。日本にはたった一億人しかいないんだ。その数十倍の世界が外にあるのだから、狭い日本のさらに小さな社会で人間のやることなぞ、ささいなことだよ。もしそこに気づかなければ、組織も人も破綻は近いだろうね。皆忙しくて井の外の事まで構って居られないのでしょう。それに、基本的に皆他人には興味などない。そう言うと哲学者は手を頭の後ろで組んでそっぽを向いた。運転手はハンドルを握りながら掛ける言葉を探したが、テールライトの残光をなぞっているばかりだった

自動車は途中のサービスエリアに到着した。深夜だが車は多く、皆白い息を吹いて仮眠を取っている。ここで休憩しよう。なにか腹ごしらえでもしてさ。僕おなか空いていませんよ。そうかい。じゃあ僕は失礼して、かけそばでもひっかけるよ。どうぞ。運転手はカウンター席で飯を食う。えび天が盛られたそばをすすっていると、哲学者は無表情なまま宙に問いかけた。この先何をすればいいんでしょう。んー、何。そんなことを心配してい

るのかい。そう言いますけど、同じくらいの年齢の奴はみな立派に就労しているのに、僕だけ、ひとり……。別にいいじゃないか。他人と同じことをしていればりっぱという訳でもない。それに、仕事を始めると、今みたいにいろいろ考えたり悩んだりは、なかなかできなくなるよ。何言っているんです、理想的じゃないですか。何も悩まずに一日一日が過ぎて行くのなんて。いやいや、悩みがないというのは語弊があるな。勤めて居ると同僚や上司、お客さんとの人間関係、業務を進める上での技術そして自身の健康管理。たくさん課題を抱え込むことになる。僕なんかは、ひとつひとつに向き合う余裕すらない状態かな。そうですか。僕みたいに手の掛かる患者はお荷物ですよね。何を言うのさ。頼ってくれるのはうれしいよ。そこから僕自身にとっても新しい発見がある。担当している皆ひとりひとりが僕の宝物だよ。そうでしょうね。ほら、やっぱり仕事があるほうがいいですよ。僕には生きがいもないし仕事の役に立つようなスキルもない。もうどうしたらいいのかわかりません。いっそ…。バカなこと言うもんじゃないよ。僕が言いたいのはね、皆に必ず課された課題があるということだよ。君は現状でベストを尽くしている。病気を治すことが今の君の仕事だ。ちょうど待ちのターンだね。ずっと待っていますけど、何も起こりませんね。誰も僕に関心などないのでしょう。それに僕のほうも他人と関わって相手を不幸にするのは嫌だ。えーっとね、そうだ。君もなにか食べたらどうだい。ここは僕が払うよ。

だが哲学者は返事をしなかった

高校のときの先輩が死んじゃったんです。助手席で哲学者はつぶやいた。そうか。まだ若かったのだろう。ハンドルを握ったまま慰めの言葉を探る。二つ上です。電気かなんかの仕事をしていて、作業中に事故で。そうなのか…君もつらかろう。高校ちがうんですよ。ボクシングジムでよくしてくれて。俺が高校辞めるときに最後まで引き留めてくれたんです。その後は、バイト一緒に探してくれたり、メシに誘ってくれたりとか。ある日、秋葉原に連れて行ってくれたことがあって、普段行けないような所を教えてくれたんです。哲学者はかつての出来事を語った――これがアキバですか。昔とはだいぶ変わっちまったけどな、面白いんだぜ。こっちだ。先輩、こんな狭い通りに店がいっぱい…なんかあやしいっスよ。ここはな、通信機器作ってる人たちがプロトタイプのためのパーツ買いに来る所なんだよ。お前もケータイ持ってるだろ。その親分みたいのがここから生まれる。世の中にはな、始めから完成してるものなんてひとつもないんだよ。小さくて精細なものを集めて組み合わせて、やっといっぱしのものができあがる。お前は中退したっても進学校のインテリだ。将来人の上に立つ立場になったら思い出してくれ。でも僕電気とか全然分かりませんよ。電気なんか関係ないさ、何にでも当てはまることなのだから。ライセンス持ってるプロのアスリートだって、毎日筋トレから始める。それと一緒だよ。アキバも最初は無線機のパーツをバラ売りしてたのが始まりだけど、今や世界クラスの街になっちまった。なんだか文明の発展するさまを象徴しているようじゃないか――そのときのことは忘れられませんね。そのあと僕はジムにも顔を出さなくなって、先輩は仕事が忙しくて疎遠になってたんです。このあいだ会長から連絡がきて、それで。運転手はまぶたをしばたたかせながら話に聴き入った。哲学者はぼんやりと宙を眺めている

僕の病気って、何なんですか。精神の病って名前が付けられているけど、じっさいそれがなんだか分かりませんよ。精神とは何かというと、ヒトにやどる小さな神様だよ。それはちいさな神様だけど、宿主が幸せな人生を過ごせるように導くだけの役割と力を持っている。つまり僕はその力が欠けているということですね。いいや、違うんだよ。まさにその力が強くはたらいて、今の君が在る。やまいの回復とは、ときとして予測できないほど長期間に及ぶものなのだ。んん……。言葉を吟味するべく車窓に流れる景色を眺めていた。暗闇に繋るばかりの常緑樹の壁は、自動車道がそろそろ終着に近いことを予感させた

車は海岸沿いのコンビニエンス・ストアに到着した。駐車場に停めて、二人は車を降りた。腕を力いっぱい伸ばし、疲労をぶちまける。すでに明るみが始まっており見通しは良かったが、太陽はまだ出ていない。さあ、行こう。砂浜までの短い歩道をゆく。運転手は相手の様子を横目で見た。なにが起こるか分からない不安と興奮の混じった表情をしてい

る。小道を抜け出すと、そこには見渡す限りの水平線と砂浜に、釣り人や犬の散歩をしている二、三人の姿が見えるだけだった。ほとんど轟音に近い波の音が一面を襲っている。見せたかったものとは、これですか。只の海じゃないですか。寒くて眠い中我慢して来たのに……あ。水平線のかなたから、紅く燃ゆる太陽が昇ってきた。哲学者はその輝きに圧倒され目を見開いて、やがてはじけたように渚の方へ駆け出した。膝下まで海水に浸るのも構いなしに何かの感情を爆発させるかのごとくである。そして声を絞り出すように口から漏らし、それは雄叫びに変わった。太陽は人々が抱く絶望と希望の一切がっさいを受け止めるかのような深紅の炎を燃えたぎらせていた。夜明けである

第六篇

――普通科第二料理研究会、通称ちくわぶ。会員三名という本校で最小のクラブである。昨年九月に行われた、会長みずからが料理を披露する「カナの料理ショー」で一躍有名になり、ご記憶の方も多いだろう。そして新聞部独自の取材により、本年も「料理ショー」の開催が水面下で調整されていることが明らかになった。続報が入り次第、ご覧の校報でお伝えする予定である。ちくわぶのさらなる躍進に期待したい。（文責・新聞部早川澪）

たいへんだよマユ。どうしたの、アキちゃん。今日の壁新聞観た。うん、四コマの黒落ちキモいね。ちがーう、いつの間にか料理ショーがスッパ抜かれてる。あ、あれね。いい宣伝になるかもね。そんなのんきな…これで逃げ道なくなったよ、マユ、覚悟はいい。大げさねアキちゃん、カナは私たちでフォローしてあげよ。うん、そりゃ分かってるけど、肝心のカナがあの調子ではね……

英語の授業中、教師は訳文を黒板に記している。夏休みが明けた九月初旬、生徒たちは徐々に新学期の学校生活に慣れつつ、鉛筆をノートに走らせている。ちくわぶの会長カナ、部員アキ、そしてマユはクラスメートではあったが、アキとマユはなにやら表情が曇っている。アキが時々ちらりと振り返る最後列のカナの机は、誰も座っておらず空いていた。カナは夏休み明けから登校していなかったのである。担任教師による家庭訪問などの定型的な対策が執られてはいたが、大きな改善ははかられなかった。実際のところちくわぶの活動以外ではあまり目立つことのない生徒だったため、不登校の一件はさほど他の生徒に影響はなかったが、それだけに彼女の件は根が深かった。なによりショックを隠せないのは、アキとマユである。そこへ本年の料理ショーの一件が報じられ、カナの状況と同時に知られるとますます焦りを隠せなかった。状況が状況だけに、興味本位の目でみる者も居た。アキはペンを止めこぶしを握りしめた。意地でも成功させてやる。そして、カナの汚名を…アキはもう一度、カナの机を振り返った。机は主人が戻るのを静かに待っていた

料理ショー、やるよ。準備もしているんだ。ほら、レジュメも作ってるんだよ、まだ途中だけど。カナは友人たちに心配させないよう気丈に振る舞う。この日、アキとマユがカナを訪問していた。これ、板書のコピーとプリント。カナ、無理しなくて良いのだから

ね。体調が悪いのであれば、皆にそのように伝えておくから。うん、アキちゃんの言う通り。でもまだ日はあるから、ゆっくり調整して、わたしたちのことも頼ってね。アキちゃん、マユちゃん、ありがとう。でも、料理ショーの件、新聞部に誰から伝わったのだろう。わたしはアキとマユのふたりにしか伝えてなかったと思ったけどな。校報のことなんかシカトしていいって、ポシャってもどうせ早川が恥掻くだけなのだから。アキちゃん、そんななげやりな。大丈夫、料理ショー成功させるから。当日はふたりにもサポートお願いね。よし、ふたりが来てくれたおかげで体じゅうから漲《みなぎ》って来た。カナは立ち上がり両手でガッツポーズを作って見せた。二人は複雑な表情を隠せなかった。

　ちくわぶはね、九〇年代にも同じ名前で料理クラブが存在したのよ。不見谷は古いアルバムを開きながら語った。偶然、料理の雑誌に取材されて記事が載って、坂宙さん…坂宙カナちゃんは子供の頃料理を教わった友達からその切り抜きを見せてもらったそうよ。それで、ちくわぶ再建を決意してわが校を志望したのだって。教科準備室で不見谷は二人に語るのだった。なるほど、でもなぜ国語教師のみずちゃんが顧問に。アキはいぶかしげに不見谷に問う。カナちゃんがちくわぶ復活の申請を教務課に提出したとき、他のクラブも統廃合が進んでいたので顧問から外れている教員が多かったのだけど、わたしはまっ先に名乗りを挙げたわ。だって、凄腕の料理人が作るできたての料理が食べられるって聞いてね。なーんだ、顧問に就任するまで何か深いドラマがあるのかと思った。みずちゃん単純だな、そう思わない、マユ。アキちゃん、言い過ぎ。でも、先生らしいお話ですね。そうかしら。それとね、料理ショーの構想は復活当初から企画されていたのよ。大勢の前で料理を披露するなんて、面白そうでしょ。カナちゃんと料理目当てで群がる生徒達を顧問として掌の上で転がせるかと思うと、ちょっと悪くない話よねえ…。みずちゃん、クロい。うーん、先生の意外な一面が…。まあ、そんな冗談はともかく、坂宙さんに今年も期待してるからって、伝えておいて。でもみずちゃん、今のカナには荷が重いのでは。うんん、あの子は、驚くほどパワーを持っている子よ。心配なんて要らないわ。不見谷は、大丈夫、というようにうなずいてみせた。友人たちは口を固く結んで込み上げる感情に耐えた

九月下旬のその日。ついに料理ショー本番がやってきた。家庭科室には十数名の観客が劇の始まりを待ち構える。テーブルの上には食材と料理道具が並べられている。そして袖からカナが登場し、観客は歓声を挙げた。カナちゃんだ、料理ショーやるから今日だけ登校したって。カナは純白のエプロンをレースの裾がなびくほど豪快にはおって見せ、口上を述べる。美食の秋、このいっとき、皆を料理に酔わせむ。本日のメニュー、煮込みハンバーグにございます。観客はどよめいた。ハンバーグだってよ、俺大好物。カナの説明は続く。ではまず、適温に冷やした地元名産豚のひき肉、刻み玉ねぎ、にんじん、生姜、塩、

胡椒、そしてパン粉を適量まぶし、力強くこねる。同時にデミグラスソースの準備、アキ。説明はアキに引き継がれる。はい、昨晩より部員の自宅で煮込み、けさ家庭科準備室で移し替えたものです。手順はパン粉を炙り焦げ目を付けたのち、ブイヨンと各種野菜を投入、片栗粉でペースト状になるまで伸ばして煮込んでおります。では付け合わせのサラダについて、マユより説明があります。はい、こちらサラダ担当のマユです。本日の主菜に合わせレタスとキュウリのごま油和えを――。カナは口上を述べながら料理を進め、矢継ぎ早にアキとマユに指示を出す。カナのパフォーマンスに、観客はどよめきと歓声で応えた。額の汗を拭い劇を仕切り観客を魅了する彼女に、不埒な視線を送るものなど居なかった

試食の時間、観客は料理を賞賛しながら時間を楽しんでいる。後方でちくわぶの三人と不見谷がテーブルを囲んでいる。カナちゃん、味がしみ込んでいて凄くおいしい、大成功ね。ありがとうございます。先生にそうおっしゃって頂けるとうれしいです。アキちゃんとマユちゃんも、これまでよく頑張ったね。これからも、カナちゃんのサポートをよろしくね。うん、カナ、おめでとう。はい、カナちゃん、良かったね。アキ、マユ。カナは何も言わず二人の肩をそっと抱いた。それにしても、新聞部の連中は挨拶も無く引き上げてしまったな。あっ、先生、それなんだけど、みんな、ゴメン、料理ショー開催のリーク、

実はわたしなんだ。カナにどうしても料理ショーやってもらいたくて。アキはちいさく舌を出しておどけてみせた。なんだ、まあ、そんなことだろうと思ったよ。流出元も割れたし、これで一件落着ね。生徒たちの成長に教師冥利を満たし、顧問は感慨深そうに目を細めた

——先日ご覧の校報でスクープした通り、九月にちくわぶ主催の「カナの料理ショー」が開催された。昨年の「肉じゃが」に続く本年のメニューは「煮込みハンバーグ」である。会長の坂宙さん（二年A組）が丹誠込めてひき肉をこね調理する様子に、生徒たちはみとれるばかりであった。加えてソースとサイドメニューを作る部員たちのサポートも手際が良い。四〇分程のショーののち、料理が配膳され、われわれ取材班も試食に参加することができた。噛むほどに味のしみ込んだ肉のパティとコクのあるソース、さっぱりとしてそれでいて後を引くサラダ。なかなか味わえない和洋折衷の至高がそこにはあった。終劇後のインタビューで会長は、ちくわぶの真骨頂はチームワークである、今後も活動を通して充実した時間を観客と共有してゆきたいとコメントした。美食を知らないさまよえるピラニアたちよ、ちくわぶに注目せよ。（文責・新聞部早川澪。写真も同じ）

　その夜、カナは自室の窓から独り月を見ていた。何を考えるでもなく、料理ショーの成功を夜想の中かみしめていた。二人の親友、粘り強く信頼を掛ける顧問。自分をそっと見守る人々のことを想うと、胸がいっぱいになった。そんな時間も引き潮のように去ってゆき、いつしか肌を秋の風がそっとなでるにまかせるようになった。ふと立ち上がりカバンに教科書とノートを詰め、台所に立ち下ごしらえを始めた。カナ、こんな時間にどうしたの。母親が目をこすりながら尋ねる。うん、明日のお弁当の準備。あら、学校行くの…まあ。母は廊下の奥に立ち去り袖で目頭をぬぐった。カナは食材を眺めながらメニューを吟味する。今まで見ていた月は冷蔵庫に入っていた

第七篇

人間に係る成長たる概念は人生のいつなんどきを以て老化という言葉に置き換わるのだろうか。栄華を誇った帝国があっという間に沈むように人間も老いる。おのおの、死への準備はできているだろうか。人は誰でも、いつか死ぬ。遅いか早いか、それもたった数十年の差でしかない。なにも宇宙的な時間と比較して言っている訳ではない。一国がかたむくのとどちらが早いだろうか

停めて。は……。とめてって言ってるの、降りるから。えっ……降りるって、でも、こなんもない所だぜ。良いから停めて。分かったよ、それじゃあ近くの宿まで——。うるさい、早く停めなさい。車を運転していた男は助手席の女のかなきり声に驚いたのか無言で停車した。セダンから若い女が降りる。彼女は激しい勢いでドアを閉めた。車はそのまま発進して道のかなたに消えゆく。女は傍に転がっていた空き缶を車の行った方に蹴り跳ばし、くそガキが、と叫んだ。二月。深夜——海の方から凍るような風が吹き付ける。頭は冷え鼻をすすりながら、状況がもたらす悲しさが地面と胸の辺りへやってきた

あーあ、ここどこだろう。千葉の……海の方のはずなんだけど…困ったな。女は縁石に座り込んで道路の先を見つめた。下車して以来車は一台も通り過ぎていない。iPhoneは先ほど別れた元彼の車に忘れて来た。浦安の駅で乗って四時間ほどドライブしていたが、車内で言い合いが始まり、外房で途中下車とあいなった。彼女は体を丸めてひとりコートの中にうずくまる。ヒールなんか履いて来るんじゃなかった…踏みつける相手ももう居ないや。コンビニも無い、タクシーも無い、そもそも明かりの付いた建物が見つからない。ヒッチハイクをしたことなど無かったが、とにかく車が来るのを待つしかすることがなかった。誰も来なかったら嫁入り前の女が野宿かしら…寒い時代だな。わたしが悪いのだけどね。縁石のブロックを濡らした涙はすぐに風がぬぐい去った

オクターブの低い走行音が辺りを襲った。車が来るわ。でも、ちょっと大きいような……。立ち上がって合図を送る準備をしていると、コンテナ貨物の四トン車があらわれ、彼女の手前で停まった。助手席のパワーウィンドウが開き、運転席から無精髭の男がドア越しに彼女をにらみ付ける。エア・サスペンションの小刻みな排気音だけが辺りに響く。二人無言で居ると、男が、乗れ、と叫んだ

よく乗せてくれましたね、それとも、似たようなことはよくあるのかしら。女を乗せたトラックは築地を目指して房総半島を横断する。彼女は拾う神ありといった気分だったが、警戒も簡単には解けない。あるわけないだろ、海岸のほうで女がウロウロしてるって連絡が入ってな。連絡というと、CB無線かなにかなの。今はスカイプを使ってる。スカイプ…それじゃ外房の道路で女がヒッチハイクしてるって世界中に広まってたと。ああ、そうだ。フィンランドの仲間から教えて貰った。フィンランド……ショック、王子様からのイメージが。なにがショックだ。若い娘がひとりで海岸に居たら皆心配するだろ、いい加減にしろ。それにフィンランドに王子は居ない、共和制だ。えっ、ウソよ、わたし大学の国際学部を出たのだから。ランドって王国って意味でしょ。だって、ネーデルランド、アイスランド、グリーンランド……あれ。うちに帰ったらまず中学校の地図帳から見直せ。さあ、この店で夜食だ

トラックは途中の料理店に停まり、運転手は彼女を顧みもせずに店の中へ入った。彼女はちょっと待ってというような事を叫びながら、助手席からやっと降りてカバンを抱え男の後を付いて行った。深夜であったためか店内は人もまばらで、男は何も言わずテーブ

ルに着きスポーツ新聞を読み始めた。接客係の青年とは顔なじみのようだ。あれ、だんなさん、今日は、あっいや、なんでもないです。おい、小僧、なんだそのマズい事を聞いてしまった風な言い草は。こいつはひとりで海岸通りに居たんで特例で乗せてやってる拾いもんだ。余計な詮索はするな。お前もなにか申し開きをしろ。えっえーっと、こんばんは。男は新聞の記事に耽ることにしたようだった。夜更けまでお仕事なんですね、食べものやさんですものね。はい、家業ですから。まあ、おいくつなんですか。二十二ッス、花のってね。じゃあ同い歳だよ。わたしは自動車整備してるの。へー、車の中わかるんですか。新米だからオイル交換とタイヤローテばかりだよ。早くハイブリッドいじりたいんだけどね。それに、体動かすとおなかがすいて、グルメがはかどるんだ。そうですか、そいじゃ、今後ともごひいきに……はい、お待ちどうさまです。わっああ、こんなに、夜中に沢山…。たんと食え。整備士なんだろ、そんな華奢でどうする。運転手の男は言い含めた。うん。彼女は目を輝かせてうなずいた

なぜ泣いていた。食事を一通り済ませコーヒーをすすりながら男は彼女に尋ねた。海岸通りで待っている時、泣いていたんだろ。はい。いや、訳を言いたくないのなら言わなくて良い。だが、俺が停まらなければ夜明けまでそのまま泣いているつもりだったのか。それは、その……。俺にもおまえさんくらいの娘が居る。孫もたまに顔を見せるが、かわい

いものだ。ひょっとしたら、娘もまた今のおまえさんのように、悩みを抱えてもがいていた時期があったのかもしれない。だが俺は相談に乗ってやれることもなく、時は流れていった。娘も今じゃケロっと母親やってる。彼女はうつむきながら両ひざに握りこぶしを突き立てて震えていた。再び泣き出したのである。男は続けた。罪滅ぼしのつもりかと言われたら、言い返せないがな。でも、辛い思い出など捨ててしまえ。夜が明ければ、そこは未来だ。彼女はしゃくりあげたまま止まらない。店内の客は二人以外に居ない。男は窓の外に目をやった。彼女が泣き止むのを待っていたのか、あるいはもらい泣きしそうになったのかもしれない。小僧と呼ばれたウェイターが彼女にハンカチを差し出す。やがて彼女は落ち着きを取り戻した。男は誰に向かうでも無くつぶやく。俺の若い頃は、そりゃ悩みのひとつくらいはあったろうが、なんだかんだと悩む暇は無かった。だが、今の若い人は少し違うんだな、ちょっとしたことで大騒ぎだ。でもまあ、俺たちも若い頃は同じだったのかもしれないけどな。単に時間が経って、水に溶ける砂糖みたいに忘れちまったのかもしれない。人間、都合の悪いことは忘れるように出来てるからな

　トラックは再び二人を乗せて走り出し、東京湾沿いを都内に向かって進んでいた。東の空がうっすらと白み始めてる。しばらく眠っていた彼女は運転手の朝だ起きろという呼びかけで目覚めた。もう電車も動いてるだろ。この辺りから駅まで歩いてすぐだ。寝ぼけま

なこで目をこすっていたが、だんだんよく知っている道並みを走っていることに気付いたようだ。別れのときが来たのである。彼女は運転手にここで降ろして欲しいと伝えた。男はいぶかるように念を押す。もう独りで道路端で泣いてるなよ。道を通る車が迷惑するからな。彼女はあっけらかんと言ってのけた。平気だよ。夜が明ければ未来だもん。トラックは停車し、女はぼそりと感謝の言葉をつぶやいた。男が応じる。気を付けて帰れ。仕事頑張れよ。いつか俺の愛車も直してくれ。それが別れだった。彼女はトラックが見えなくなるまで見送り、くるりと方向を変えて東京湾に注ぐ川をまたぐ大橋を登った。始まったばかりの夜明けが波間をうっすらと照らし、それは荒れた感情を励起《れいき》させた。海の風は内湾とて辛い。彼女は歯を食いしばる。そして渾身の力でもって、海の果てへ叫んだ。バカヤロー。自分の声で鼓膜が激しく振動した。トラックの男はｉＰａｄでスカイプを検索しながらつぶやく。早く見つけて来いよ、白馬に乗ったバカヤローをよ

エレクトアリス

日本のチャイナ

小さな陶芸工房。試作品が雑多に並ぶ窯屋にて、師と仲買人が言い争いをしている。どこまで買い叩くつもりだ、今より安値で買われたら、もう工房を続けて行けなくなる。師匠、今はもう昔と違って、壺ひとつに大枚をはたく買い手はいないんです。消費は落ち込んでいるし、技術は海外へ流れちゃった。仲買も皆弱気になってる。師匠だって分かるでしょ。あなたの工房にはかつて何十人も弟子さんがいたが、皆散り散りになって、今ではあなたひとりだ。もう、昔みたいな時代は来ないんですよ。……そうか、そろそろ潮時かもしれないな。仲買人は言いたい事を言うと気が済んだのか帰っていった。窯屋にはひとり師匠が座っている。この窯も、もう終わりか……色んなことがあったな…。師は妻を窯に呼んだ。おい、お前、俺は陶芸をやめようと思うんだ。これからのことは、ふたりでゆっくり話し合って……。あなた。妻が口を挟む。お辞めになる前に、ご覧頂きたい物があります。ああ、なんだい。いぶかる師の前で、妻はなんのへんてつもない壺を手に取り、上下さかさまに置いた。ただそれだけで、妻は何も言わない。それがどうした……なっ、なにっ……

急遽呼びつけられた仲買人は、不平を口にしながらやってきた。師匠、もう陶芸はおやめになるんじゃないのですか、今日は他に何軒も客先をまわらないと――。茶の間に案内され、床の間にはやはり上下さかさまに置かれた師の壺があった。入り口から面倒くさそうに中を覗いた仲買人は、部屋の中のそれを目にした瞬間絶句する。喧騒と静寂。狂乱と平常心。悟りと禅の境地。仲買人はつぶやく。いいね

――翌年、フランス。パリの美術館にて、かの陶芸師の特別展が催された。開館を待ちわびる観客達に、案内人がアナウンスする。紳士淑女の皆さん、ジャポンのマエストロが、陶芸にシノアズリー以来の革新を起こしました。ご覧の通り、オブジェがすべて逆さに置かれていますが、キューレターの手違いではありません。東洋哲学の至高を、じっくり堪能あれ。開場となり、観客は一連の作品に感嘆を上げる。壺に描かれたウグイスが、逆さまになって床を睨んでいた

ハッピーハッピマンデイ

スポーツの、という冠詞が似合う秋——

市民が集うテニスコート。みな想いおもいにサーブを撃ったりラリーを楽しんでいる。大学生のペア、主婦のテニス仲間、敬老会のテニスグループ。婦人のひとりがあさっての方向へ飛んでいったボールを取りにコートの端へ向かった。ごめーん。やっちゃったあ。あちこちにボールを取りに走るのもいつものことだ。気を取り直してサーブ。だがスムーズに打ち合いとはいかない。それをはためで見ていた大学生が声を掛ける。おばさん、テンポですよ、拍子を取るように体を動かすんです。テニスはリズムですから。彼は腕を高くあげて拍をとってみせた。首をかしげながら聞いていた女性は、その音にしたがって体を動かし試行する。すると、ラリーらしきものがいくらか続くようになった。そうそう、おばさん、いい筋持ってるよ。もうひとつ、リズムに打撃のインパクトを加えれば、鋭いスマッシュになるんだよ。たとえばあのじいさんみたいにね。彼が示したのは、敬老会のグループの紳士だった。彼はからだ全体を使った見事なアクションで、相手の婦人とのラリーを演じている。ほんとね、すごいわ。彼女は紳士のプレーが終わったのち、声を掛けた。お上手でいらして、うらやましいわ。紳士はタオルで汗を拭きながら応える。いやあ、自己流ですよ。まあ、どうすればあなたのようにエレガントなボレーができるのかしら。そんな褒められたものでもないです。心の中のいろんなわだかまりを打ち砕くつもりで、自然とね。ストレス解消ですよ。スポーツとメンタルは、元をたどればひとつです。あら、むつかしいことは分からないけど、深い経験をお持ちなんですね。勉強になりました。彼女の連れ合いも感嘆を漏らす。センスよね。でも、自己流とおっしゃるのだから、努力なのじゃない。紳士は微笑むだけだった

大学生がコートのそばに植えられた柿木をみつけて見入ってる。まだひとの背丈くらいの樹であったが、小さな実がなっていた。先ほどの婦人がつられて窺う。子どもの頃僕等が植えたんです。区画整理して長いこと更地だったところに、運動施設を建てることが決まって、当時の小学生が記念に植林したものだった。高齢化のおかげで、街が再開発され、ぼくらもおこぼれにあずかれたんですよ。この先はどうなるかは分かりませんけど。りりしい小さな実には充実がつまっている

サーキットの浮世絵

イタリア南部のカロッツエリア。ここではメルセデス・ベンツから来期に発表する新車のデザインを打診されていた。会議室のホワイトボードに丸が四個描かれており、メンバー五人は頭を抱えたままだ。かれこれ三時間が経過。リーダーのアート・ディレクターが部屋に入って来た。絵を見て首を振る。まだタイヤしか決まってないのか。頼むよ、みんな。喝を入れてものれんに腕押し

なだめすかされ、尻を叩かれ引っ張られて、一応のところ車らしきデザインは出来上がった。しかし、なんのへんてつもない、ありふれたクーペでしかない。お世辞にもプロがデザインしたとは言えないようなシロモノだった。リーダーが嘆く。これじゃベビーカーだよ。なにか新しい発想をもり込まなくては。きみたちのクルマに懸ける情熱が試されているんだ。いいじゃないですか、これで。タイヤがついて回れば走る。立派な車でしょう。メンバーにやる気が感じられない。良いかい、きみたち、こいつがドイツ・ユーロモーターショーに出展されている様子を浮かべるんだ。横に社長と私が並ぶ。もちろん、

きみたちも一緒さ。カーグラフィック・マガジンのカメラマンが前に陣取ってるんだ。仲良く記念撮影だよ。誌面の見出しはなんだい。世界いちファンシーな車の登場。笑いものにしかならないだろ。メンバーは気まずそうに顔を見合わせている。もういい、分かった。今からテスト走行に行く。そのあいだにデザインを完成させろ。出来なきゃチームは解散だ

そう言い残してリーダーは去った。メンバーはしばらく黙っていたが、ひとりが立ち上がってホワイトボードにペンを入れた。ボディをなめらかな流線型に描く。もうひとりも並んでスポイラーを鮮やかに描いて見せた。残ったメンバーによりホイール、インパネ、シートや内装とデザインされた

ふむ、やればできるじゃないか。ドライブから帰ってきたリーダーは感心する。プリントアウトをＣＡＤのチームに送り、試作車が製作される。工場からのフィードバックを元に細部のデザインを調整し、ひと月後、彼らの車が仕上がった。リーダーがしたり顔で自室からやってきた。メンバーがいぶかる。なんですか、そのウキヨエのようなでかい絵画は。これは日本のカイトだよ。これをリアにくくりつけて飛ばしてみろ。まっすぐ飛べば

安定走行が保たれている証左になる。そして凧は揚がった。やっこさんはティレニア海を気持ちよく見下ろしている

ブリタニカ・ドリーム

これは、イギリス幾何統計庁が発表したレポートである。詳細に関して一部非公開となっている部分を割愛しながら、人間の「一番最初の記憶」に関して説明したい

「一番最初の記憶」を保持している人間は、男性は全体の四割、女性は七・五割となった。どの時期の記憶であるかは、全体で見ると現在から六歳までの期間は一割、五歳から四歳が三割、三歳から二歳が三割、一歳から零歳が一割、不明およびそれ以外が一割となった。「一番最初の記憶」がこのアンケートに答えることであるという、集計不可能な回答は除いてある

次に、何にかかわる記憶であるかを検証しよう。おもなものを取り上げたい。ひとりで居た。両親と居た。友人と居た。遊んでいた、など。また、他人であった。動物だった。岩石だった。宇宙であった。無であった。男なのに女だった、もしくはその逆。などなど

……だんだん大きくなるという概念であったとの解答も

ひとりの男性を紹介したい。南部に住む二十代の男性。血統犬のブリーダー。ある日散歩の途中で軽い貧血を起こし、自室で休んでいるとその記憶が呼び覚されたという。キンダーガーデンの頃、老犬を保護する仕事に就く、と聞いたというのがその内容だ。折しも、その日に愛犬家から余生を過ごさせてほしいというヨークシャーテリアを紹介された。かの犬を見たそのとき、自身の経験の浅はかさを知った。世の中は広いものだ、と。それ以来、仕事場の一角でお告げ通りのつとめにとりくみ、充実した日日を過ごしているという。取材班が彼を訪れた際、犬も嬉しそうだった

このレポートは千二百八十ページにおよび、現在大学および研究機関にて分散して査読が行われている。なお、幾何統計庁集算局では、来年のロンドン万国博覧会までこのアンケートの回答を受け付けております。詳しくは明日のタイムズ紙をご覧ください

クッキーの新人王

　小説家は背中をこちらに向けて座っていた。六畳ひと間の下宿。安っぽいテーブルにウィンドウズ９８のスタートアップ画面を照らしたどでかいディスプレーが置いてある。三百メガ・ヘルツなんだぜ。凄いだろ。彼はそう嘯く。アップルウォッチとも無縁なんだろうな。まあ、団塊の世代にしちゃマシなスキルなのかもしれない。付き合いでそこを訪れた三十代青年。コンビニのアルバイトからはけた午後五時、普段は自治会の席で顔を合わせるその小説家を訪れた。この日、彼は結婚の報告が目的だ。片隅の電子ポットがエーデルワイスを奏でて沸騰を知らせる

　なんで奥さん一緒じゃないんだい。さびしいや。いえ、今日は仕事で。また、こんどゆっくり。嬉しいものだね。教え子がこうして成長してゆくのを見届けられるのなんて。なんせ、独身主義の俺としては、若い子らの幸せだけが生きがいさ。そうですか。仕事もないし、年金も減った。おまけに物書きも、そろそろ飽きてきたな。そんなこと言わないでください。皆あなたが頼りなんですから。また落選だよ。こんな爺様が新人賞も通らな

いなんて、情けない話だと思わないかい。……。沈黙。だが、青年は心の中でこう叫ぶ。過去の爺の応募作品を偶然読んだ際に、そのストーリーに興味を持ちそれを知人に紹介した。そのときに意気投合した女性と、こうして結ばれたのだ、と。爺には何も言っていない。爺としても、察したところで何も言わない

先生、これから先、生きてゆくためのアドバイスをください。世の中殺伐としていて、なんだか。爺は言葉を選ぶ。折り合っているんだな。青年はうつむく。人間というのは、矛盾をはらんでいる。だからこそ、さまざまな性質の人間が混在できるのさ。もっとも、そういったひとびとが生まれたそもそもの端緒は、矛盾が存在するがため、なんだけどね。ふと見ると、爺は孫でも抱くような瞳をしていた。君は伴侶を見つけた。すでに、答えは出ているだろ。何を迷うことがある。君の人生だよ

パソコンの画面が小説家の半身を明るくしている。ブラウン管がこれほどやさしい光だと気づいたのは初めてだった

めんたいこダウングレード

夜を徹しての会議は三日間続いた。メンバーは開発ティームの十数名。渋谷にほど近い本社ビル十二階フロアの一角。ここで社のおむすび戦略会議が催されていた。前面の大型スクリーンにはさまざまにアレンジされたおむすびの映像。また、メンバー各個にはおむすびのリアルスケールモックアップが、テーブルにはアメニティおむすび人形が、そして、壇上に陣取る本部長はラージサイズのおむすびキャラクター帽子を着装している。血気盛んな若手が、俯きぎみの中堅どころを煽る、どこでもありがちな構図でミーティングは進む

冬は二月。バレンタインデーも過ぎ北風小僧もそろそろ諦めてシベリアあたりへ帰ってゆく頃ではあろう。ミーティング中の会議室に続報が入る。代々木方面からの入電で、売れ残りの返品率七パーセント、恵比寿八、広尾十、それから……おにぎりの返品を積んだトラックが続々流通センターへ帰ってきます。ドライバーや営業の疲労度数もみるみる上昇。それに反比例するかのように、我が社の株価が下落しております。メッセンジャーの

悲痛にメンバーの表情は一層重くなる。根深い疲労で空腹すら忘れていた。見るに見かねた本部長が、帽子を投げ捨てて言い放つ

返品のコンテナを持ってこい。腹が減ってはいくさができん。二、三の間を置いて、議内の四、五人が立ち上がる。お互いに目配せしうなずき合って、部屋の外へ駆け出した。やがて皆の元へ種類とりどりのおむすびが大量に届けられた。梅干し、ツナマヨ、しゃけ、こんぶ、そして明太子。さあ、食べよう。掛け声を待たずに一堂でほおばる。素朴なメニューではあるが、そこは社の自信作だ。選び抜かれた具に魚沼産コシヒカリ。次からつぎへと、手は止まらなかった。ティームのひとりがふと手を止め、商品の山を眺めてつぶやく。これを持って帰れば、家族にひもじい思いをさせずに済むよな……。同僚もそれに同意する。そうだな、俺たち、何やってるんだろ。時刻は日の出頃。朝焼けがくたびれたメガロポリスをふたたび炙《あぶ》る。いつもとは異なる風景。見慣れたはずでいて何かが違う太陽

スカイライン礼賛

岐阜県——尾根をいただく観光地。インターチェンジ付近の洋食レストラン。地元名産の食材と昔ながらのメニュー、そして豊富なリキュール類で旅行客をもてなす。三月、時間帯はディナー頃。店内は温泉めぐりから引き上げてきた人々で盛り上がる

調理室でシェフとオーナーが首をかしげている。というのも、発注ミスで大量の地ワインが運び込まれて来たというのがその内容だ。返品を販売元に申し出ると、ワイナリーの改装に伴う在庫処分となるので、そのまま処分してほしい、との返事。三年物の赤が八十本、ケースにして十六。困ったね。ひとまず積み上げておこう。ワイン祭りの企画を立てなきゃならん

あくるひ、入り口には貸切ののぼり。料理専門学校の卒業旅行客が団体でやってきた。特産のメニューとその料理方法について見聞を広めたという自信。この日は最終日の打ち

上げで、三十余名の生徒たちは思いおもいに振り返る。いろいろ食べて調理も習ったけど、温泉がなにより最高だったね。またこよう。店員がワインを勧める。お客は料理人のたまごであり、こちらも老舗の意地を見せねばならない。ボルドーの赤とブリュゴーニュの白のご用意がございます。飛騨牛と相性が良いのは赤の方で――。仕切り役の生徒はひとたび悩む。なんかこう、この旅行で学んだことを生かすとすれば。店員はひとり青ざめる。何か問題となる点があったのだろうか……

生徒のひとりは、今回の旅行にあたり地酒が楽しみだと語っていた。せっかくお酒が飲める年齢になったのだから、と。日本酒、ビール、焼酎。どれも特産に合致した逸品という感想。目ざとかったのはスマートフォンで店内の様子を撮影していた男子であった。厨房に地ワインの箱がいっぱい。店員がオーナーに了承を取る。空けちゃおう、解禁だ。かくしてくだんのボトルは梅花の露と消えた。雪解けの水は、今年も上等なワインとして開花するだろう

高宗ライブラリ

――ここは、世界最大の図書館

彼は果てしない館内を観て歩く。敷地は王室直轄領土のまるまるひとつぶん。平野を造成しその領域をかぶせるように建物を建てた。古代に世界の大半を支配した朝廷の蔵書が並べられている。一例では、戦術に関する本だけで、分類に三世紀の歳月が掛かったと伝えられている。剣術の種類とおのおのの起源それに歴史、訓練方法の詳細と実践例。それに、戦術論を確立した先人のひとなり経歴、戦歴と使用された武器。火薬の製錬方法、地形効果に依る各種のタクティクスと勝利条件の判定。すべて体系立てて分類され、これから学ぶ修生たちにイロハを手ほどきする冊子だけでも巨大な棚を埋めた。順読していてはキリがないとその区域を離れ、書棚の合間をなんとなく歩いていると、彼は一冊の本に目を留める。ヒトが寝ている際に観る夢に関する本。それにこころ惹かれた。手に取ってめくってみると、くさび文字と象形文字のちゃんぽんで夢世界の説明がこと細かに記述されている。文章のすべてを把握できようもない。可能なかぎり読み解くと、睡眠時の夢とは、その世界で過ごすことであって、ありのままの夢にたいする答えが起床しているときの世界である……さて、ひとまず解読すると、そういうことが述べられていた。この図書館で重要なのは、書籍の数の多さではなく、多彩さでもなく、来訪者が本を読むことを諦めさせんとする……なんとなくそんな印象を受けた。来客の多くは二、三冊の本だけで図書館を後にしてしまう。建物の広さと蔵書に圧倒されて、ひとつも書籍を手に取らず引き返し二度と戻らない客も居た。夢に関する本は禁帯出だったので、ページをめくると本を閉じた――

　記述はそこで終わっていた。彼はそのひとつの巨大図書館について書かれた本を書棚に戻す。案内役の支配人が説明する。この図書館には、果てはありません。際限なく壁が拡張され、いちにちごとに星ひとつ分の本が運び込まれます。すべて巨大図書館について書かれた本です。彼はため息をついた。心臓であり、こころである、と

ルネッサンス・コンストラクター

丸ノ内の一角、会議室――

ＩＢＭの営業マンがプロジェクターの投光を浴びながらプレゼンをしている。三〇名ほどの出席者のうち、半数を占めるは競合の富士通。笑顔で耳打ち。日本人の生え抜きではトップだって。ああ、彼はいわゆる主役だよ。主役、そう呼ばれた彼が話を続ける。商品に着いているバーコードのインクを、レントゲンに反応する塗料に切り替えます。これで、コンビニやスーパーのレジスターで従来の読み取り機を押し当てなくても会計が可能となります。レジスターが置かれたテーブルの下部に、三次元スキャナを埋め込むものです。バスケットに入った商品の山を丸ごとスキャンできます。バーコードやＰＯＳシステム自体は、アップデート程度の軽い改造で済むのが特徴です。ちなみに、缶ビールを旨くする波長も入っておりますこぼれ笑いの後もスピーチは続いた。かれが主役なら大丈夫だな。スキャナ装置の生産ラインも、準備できてます。なごやかな雰囲気で、その場は散会した。所属を越えて皆が握手を交す。よくやった。帰ってＣＥＯに報告だ。シリコンバレーのスシ・バーで祝杯を挙げよう

人がまばらになった部屋。ブラインドに指を突っ込んで階下を覗いている。御一行は帰ったか。成田ゆきのリムジンに乗りました。よし、本題に入る。腕ずくで椅子に座らせられる主役。壁に寄りかかっていた人らが彼を威圧的に取り囲んだ。いいか、今回はビッグ・ブルーに花を持たせるが、三年後に改良バージョンをわれわれ日立が発表する。そしてそれがＩＳＯ規格として採用される、というシナリオだ。策定委員にうちのＯＢが内定している。富士通とも話はついてる。これで、米国のメンツは立つし、将来この分野で我が国が主導権を握る布石ができる。ここまで計画通りだ。あとは俺たちに任せろ

打ち合わせは捌《は》け、主役も会議室を後にする。廊下の先に、彼を見つめる人物が立ちすくんでいた。あれは……シーメンスの営業。目くばせで合図、察す相手は逃げるように去った。企業戦士は死んだ目でかなたを見つめる

ソプラノエコロジー

学園に併設された公民館。毎週木曜日の午後は合唱サークルのコマが割り当てられており、近隣の主婦たちがつどう。この日も練習は行われ、声唱が教室の扉から漏れる。そのなかのひとりが、近くの女学生。彼女はひときわ声量が強く、合唱中はリーダー的な役割をはたす。サークルでは貴重なコロラトゥーラとして活躍していたが、普段は口数が少なく年齢層も異なるためかひとりでスコアをながめる様子

練習ははけて皆帰宅の準備をしている。指導役の男性が女学生を呼び止めた。みな練習曲が馴染んできたが彼女だけいまひとつ発声が落ち着かない。個別に指導し調子を整えたいというのがその理由だった。同時にベテランの主婦も付き添い役として指名される。女学生はとまどいの表情を隠せない

個別指導の時間は始まり、指導役と付き添いの視線が注がれる中、コロラトゥーラはた

めらいつつ歌う。ここでふたりは異変に気づく。その声はオクターブが数段下げられ音程も不揃いで、本来の実力からかけ離れたものだった。独唱では声量が出ないのです。彼女は自白する。普段の声は、グループで斉唱するときにのみ発揮するものであった、と。男性と主婦は顔を見合わせる。真実を知り驚いた、と言うより、案外普通な娘さんであることに安心したのかもしれない

そののち、サークルでは練習中に彼女のリズムやアクセントを補正するようになる。そしてそれはグループが成長するうえでの方向性を決めることになり、その過程で養われたものは全体にも還元された。ある日のこと、練習ははけ散会し、皆が帰宅したのち教室で女学生がひとり独唱していた。とくに力を込めてという姿勢でもなく、カバンに道具をしまいながらなにげもなしに気分良く歌っている。教室の掃除道具をうっかりしまい忘れたくだんの主婦が数人とつれだって戻ってきた。主婦たちは館内に注がれんばかりのコロラトゥーラの独唱に気づきドアの手前で足を止める。夕刻前の日差しが、まい散るこまかい埃と一緒に歌姫を照らしていた

僕らのポートフォリオ

兜町――

　証券会社に勤める若者が、人の波になびきながら出社する。入社二年目。営業先では見かけによらない声量からバリトンというあだ名で通っている。午前八時半。社内のエスプレッソマシンで注ぐ。おはよ、よく寝れた。女性社員が声を掛ける。緊張でどうにも。少し笑って彼女は去った。彼はこの日、経験の浅いキーノートの出番に指定されていた。資料やシナリオなどの用意は済ませたが、心の準備が足りない。なにせ前回は緊張で頭の中が真っ白になり、壇上で絶句してしまったという苦い経験をしている。せっかく良いあだ名を貰ったのだから。上役の苦笑いが辛かった。今日こそは。自席に上司がやって来た。取引先の人が、君を褒めていたよ。期待してるぞ。がぜんやる気が出る。午前の終値はまずまず

出席者は十名。議題はロングテールの活性化について。丹念な練習とティームのフォローでプレゼンは成功する。今後はビー・トゥー・シーや個人投資に傾注したいというまとめで締めくくった。上司がうなずく。業界一丸でてこ入れしないとだな。終値は高値更新

夕刻。相変わらずの為替と金利を眺める。こう不景気だとさあ――。同僚とコーヒー。バリトンはいいよな、会社やめても海を渡って、歌でもうたえば成功しそうだ。いえ、僕は子どものころ、スポーツが苦手で、運動のときは応援だけしてたんです。それで、こんな声に。リスク回避の成功例だね。その話、うりこみに使いたいから、今度一緒に来てくれよ。わたしも。俺のにも頼む

夜半。帰宅して一服。同僚からのＬＩＮＥ。今日はお疲れ。フォローありがとうと返事をする。明日も忙しくなるかもね、とのこと。ニュースサイトをチェックすると、経済指標が投資家に好評価されたとの発表。さては、ウォール街か。ミュージカルの夢でも見ようかな。日経が眠る頃ナスダックが歌い出す

前略、お前たちよ。生きろ

一――――ブリティッシュ・ローストアンドティップス

「イギリスはＥＵ――ヨーロッパ連合から去る事が決まりました」

ＴＶに映し出されたアナウンサーは確かにそう言った。コーヒーを注ぎながら横目で確認したが、ニュース番組もそのトピックスをどのように報道したものか困惑している感じ。アタシは食パンを耳ごと齧る。

ハア？　イギリスってフランスとかドイツの仲間で……とにかく世界地図の左上の方の島国だったハズ。それがヨーロッパなんだけれどヨーロッパじゃなくなる……そんな話、もう付き合って居られないね。離脱したいのなら、国民投票するより先に大ブリテン島にジェットエンジンをくくり付けて空へと浮遊するのが先でしょうに。アタシは胃に収めたトーストからエネルギーを充填し、その勢いで下宿のドアより駆け出した。

夏至の空、時刻は午前八時前。鈍い大気と、およそ一〇二四ヘクトパスカルの涼しい地面。気分はややバッド。その内訳は、一コマ目の退屈なハングル文法と昨晩のカラオケで付着したタバコ臭と、それから奈落へ真っ逆さまとしか例えようのない国際情勢はもちろん……あぁっ、今日のバイトのシフト、繰り上げだった。無理くり石ころを食べさせられているように気は滅入る。

高校までを長野県で過ごして、それから千葉という気の利かないカレシの苗字のような土地で下宿し、今の大学に通い始めた。一浪で今のところ一留。出席チェックのICカードを代返に貸して紛失するという失態を犯し、教務課とは冷戦状態。反省文のコピーが下宿先の入り口に並ぶトロフィーとともに掲示されている。女性上位とやらも蔓延るが如くの今日この頃、断水で浴びれないシャワーを銭湯で代替えするためコッソリ授業を抜け出さねばならない乙女心も断罪されるのであった。

そして講義中。腑抜けた記者会見をする広報担当のような教官が韓国語を呟いている。デートクラブに現れたら三〇秒でサヨナラだよ。アタシは再履修のレポートを内職中。化学実験の塩基式とクラスに響くハングル詩が混ぜっ返しになって頭の中で妙な化学反応を起こす。ニホニウムの定量分析に因る半減期が李王朝時代の漢詩ほどに永く後世へ伝わるなんてありえないよ。

今日のおひるはきつねうどん。同郷で学科の違う友人と合流。彼女も近場で一人住まい。昨日の飲み会の釣果やレポートの摺り合わせと、そして内緒バナシを少々。相方はバイト先の衣装を手作りで仕上げお客さんに披露しており、その取り合わせの相談に乗る。他に頼れないしさ。そう言うとレシートを回収していった。嗚呼、世知辛い。苦学の少女ふたりが縫い物を寄せ集めてトータル三九〇円のランチを頂く。男子グループのうちひとりがこちらに視線を送っている。睨み返してヒールを床に打ち付けると、ソイツは慌てて逃げ出した。連れもほくそえむ。あいつら、自分らでリア充だとか名乗ってました。

夕刻前、バイト出勤のために駅構内を縦断する。大震災から五年を過ぎた頃、人口の増減がふたたび多くなって来た気がする。この殺伐とした時代、みんな心に何を抱えて明日への糧としているのだろう。イギリスでなくとも自身を拘束するかたきに大見得を切ってみたくなると言うものだ。先を急ぐサラリーマンや売荷を運ぶ作業者、疲れ果てた青年の背中に、アタシは沈黙の中で叫ばなければいけない。お前たちよ、生きろ。その精魂が赤茶けた土に沈む迄。その果てを目指すなら、そなたはいっそ愉快な心地ではなかろうか。そうしてまた迂回とも順道とも知れぬ行き先へ歩み始める。そのときの声はロンドン・チューブの床にしゃがみこむパンク・アーティストに届いたかもしれない。

※チューブ＝ロンドン市内を循環する地下鉄の別称

二――タタール費用対効果の軛

午後三時。二〇人を収容できるミーティングルームに、人はまばら。私よりひと回りは若いだろう講師が滑らかにスピーチする。地方銀行にて勤続三〇年近くだ。「副支店長補」という、まるで安売り価格の商品名のような肩書きを拝命してより数年経つ。室内に響く語りかけは――その要目が自己の職務に於いてすべからく有益であるか否かという評価はわきにやるとして――クラッシック・ナンバーのお気に入りのフレーズよろしく綺麗に聴覚神経を通過してゆく。

たばこ、トランプ、黒砂糖、絹段織、鯨油……目をやるとホワイトボードにそう記されていた。貿易品目のことか。羽織をまとい、燭台の灯りのもとで賭博に嵩じるヘビースモーカーが浮かぶ。これはもうダメだな、と言いたくなった。笑いを堪えるため無理やり咳き込む。はたとスピーチが止み、講師が私に質問事項を確認する。急にタバコが吸いたくなりまして。そう申し開くと、ちいさな笑いが起き講義は再開された。私は生まれてこのかた一度も喫煙した事が無いのだが。なにがおかしいのか。負けがこんだギャンブラーのやっかみ。

　この日のレクチャーは、第一次大戦後のフランスに対するドイツの戦後賠償がテーマだった。「経済政策や雇用指標がいかなる水準であろうと、債務の優劣すなわち財政状況は常に社会情勢へはたらき掛けることになる」――これは今しがたの講義の語り、ではなく、当座の地銀を含む企業経営を形容したくだりだ。信託商品の営業やファンドの成績を待たずに、八方塞がりの状態からの脱出を試みて懸る時間稼ぎのワークショップが催された、という案配である。

　そしてレクチャーは終わった。ミーティングルームから掃けると、得意先まわりから帰社した支店長のねぎらいが待っていた。「フクテン補佐が五人だ」。いつものやりとりである。支店長が続ける。「代理が四人、支店補佐四人代理三人」。いかに管理職の数が多いかの力説である。しかも、皆出向先にちり散りなのだ。「それだよ。歩兵も居ないのに士官がゾロゾロ」。彼はそう請け合うが、飽くまで小声だ。「監視カメラを覗いてるヤマカツさんの話では、テナントも限界だって」。

ヤマカツ。それは、支店の警備担当者だ。敷地に設置された夜間金庫から現金バッグを取り出し勘定へ持ち込む役割も担う。行員たちはそのユニークな風貌から、「ヤマカツさん」と尊敬の念を込めて呼んでいる。当然のことではあるが、安全確保は銀行の経営状態に係わらず最優先事項となる。行内のセキュリティに関する有象無象の知識とスキル。加えてフットワークに関連する直観的な技能を併せ持つヤマカツは、勤続五〇年。支店内で最古参となる驚異的な年数だ。また、銀行組織の処世術はトップダウンが要となる。支店長はもとより受付行員や幹部気付けの運転手に至るまで、行内のさまざまな従業員から相談事を持ち受ける。ついで懸る人間関係を整然とデフラグメンテーションする役目まで担っている。レクチャーの講師も予定を繰り合わせてうちにやってくる。ヤマカツの在籍する支店の依頼であることがコーディネイターに伝わったのだ。メガバンから引っ張りだこだった准教授が最優先で引き受けた。そのヤマカツが、ここ半年以来あたかも焦り始めたかのような表情をしきりに露わにするのだ。幹部連中がまんじりともできなくなり無駄に駆け回るのも無理からぬことであろう。

「まあ、みんな必死なんだよね」。ヤマカツさんは頭を掻きむしりそう言う。「うちはヤマさんを本当に頼りにしているんですよ」。いつもの掛け合いをセオリー通りに切り出す。

話題はレクチャーの進捗と支店長の発言。お堅い組織論などヤマカツには無用――漕ぎ手に見放されたふなおさのカタマリ、船だって山に上っちゃうよね――そんなところだ。笑顔を常に絶やさない彼が、不意に困ったような仕草を見せる。「坊主の頃を琵琶湖の近くで過ごして、よく釣りに行ったものだけど」――ヤマカツ少年のシューティングスポットは、入漁料をベテラン釣り師がオブザーバー的に管理していた。子どもたちはヒットが容易な外来種を狙う。その時の気まぐれであろうか、オブザーバーが貴重な獲物を釣り上げて見せる。戦利品は湖畔の草むらに放置され見世物に成る。泥かアオサか、訳のわからない異臭を放ち、羽虫の群れがたかり昆虫の餌食にされる。いけにえは少年たちに腐敗してゆくプロセスをさらけ出していた。「子どもの目には一種おぞましいものとして映ったね。昭和の時代のひとコマさ」。――代理が四人、支店補佐四人代理三人――みずから這う術を持たない頭脳たち。

「でもね」――。ヤマカツの話は続く。「そのおさかなにしても、元気に泳いでいる期間は幼虫や湖藻を食べて栄養源としていたわけだし。釣り上げられようとなかろうと、自然界のオキテに従って食物連鎖しているだけだよね」。

支店長の掛け声は寝耳に水だった。「今日でお勉強の時間はお仕舞いだ。年明けにメンバーは全員異動する」。講義は役員研修も兼ねたものだとは聞かされていた。しかし人事については ブラックボックスである。こちらに手を伸ばし着用している室内マフラーを掴むように指し示めす。「ウォーム・ビズは切り上げだ。明日からネクタイを締めてこい。俺は東欧へ出向する」。そう言い残すと書棚からぶ厚い引継ぎ書を引っ張り出して私に持たせ去って行った。そのバインダーには「新支店長用」とタイプされていた。

三――――エポックメイクス・サーバント

――正午に起床。

今の仕事を始めて以来、夢見からの寝覚めの悪さにはもう慣れた。昨日、というより今朝は自室で語学のディスクを点けっぱなしにしたまま入眠し安っぽい深酒により毛細血管まで膨張させられ、サイアクといった目覚めでここに至る。再生装置はブルースクリーンに「チャプター十七」という謎めいた表示。きっと映像を終点まで再生しきったのだろう。日本語が不正確であることから東南アジア製だと分かる。布団を薙ぎ払いカーテンを退けると、春分のほのかな日差しが目に滲みた。

私の名前は、ルカ。ネーミングの由来は、分からない。幼少の頃自分の名前を覚えた時には平仮名にて書いたように思う。だいぶ後に戸籍謄本を取り寄せた際、「留華」という表記で記されていたが、出生届がどうなっていたかまでは分からない。今は通りがなんとなく良いカタカナで名乗っている。と言っても、私をこの名で呼ぶ人はほとんど居なくなり、嬢になる際に銘された源氏名が本名のようなものだ。

父は大学で教鞭を執り、母は旧文部省の専門職でキャリアウーマンの先駆けのような生活をしていた。いずれも行政改革を錦の御旗にした大学分離と省庁再編に伴う降格減給で家計は火の車に堕ちる。その当時ブティック店のアルバイトをしている私のところへ、モデルのスカウトがやってきた。洋服がほど程に好きなだけであって元もと根っからの奥手であったため拒否し断った。だが、金地金の保管料に困っていたバイト先の上司からの強い押しに折れてスタジオへ向かうことになる。セパレートの水着を着用した私の写真が週刊誌に掲載されると、くだんの上司はゴールドを売却し系列会社へ栄転した。「ルカ頑張れよ」。そう言い残して二度と姿を見せることはなかった。支払われたわずかな図版報酬は家計への補填となる。

被服コーディネートのつながりで造形の初歩をたしなんでいたのは幸いだったのだろうか。これとネットで布地を取り寄せるために駆使した情報システムのスキルが手伝い、有名ビデオゲーム会社にて勤務することになる。そこでは、ケルト神話の精霊をデフォルメしたおびただしい数のキャラクターを扱い可動する素材のデータを作成していた。学校教材のタイトルとして展開していた各個の意匠を、グループの人海戦術によって仮想空間の三次元グラフィックスへと再構築する職務だ。在籍中、それら生成データがどのような用途で利用されるのか知らされない。加えてＮＤＡ——非開示契約が厳格に適用され、外部に業務内容が漏洩することは許されなかったという事情もある。翼を持つ猛禽類をかたどった精霊には、精密なはばたきが表現できるよう骨格を組み込む旨指示が入った。だが、機密保持のためアニメーション部門への立ち入りは禁じられている。よって、造形にはあくまで静止画の状態について関わっただけであり、ゲームの全体像は分からず断片的な素材しか記憶にない。その後やってきた円高局面でかねてからの希望だった輸入衣類商社を個人起業するため退職する。

起業の際、あらゆることを独りでこなそうと決めていたため、人手を借りずに事業を回した。正確には、ひとりで切り回すワークフローを空想することで満足していた。絵に描いた餅とはこのことで、孤独な店は外部へ膨らむことなく成長する素養を得られなかった。両親から何度も支援の呼びかけがあったが、これ以上迷惑は掛けられない。うまく成功したので海外に進出すると手紙を書いて連絡を絶つことにした。

景気後退もあり、個人事業は一年を待たず頓挫した。性格的になるたけ早く清算し自由になりたい。そこで、不本意ながら場末の新世界に身を落とし男性を相手にする仕事に就く。私はもはや過去のルカではなくなった。ことの最中は「はやく終わりますように」と念じてその時間をやり過ごす。もしくは、若い身空でキャメラマンに肌を露出した自分へのいとおしさへと逃避する。そんなあるひ、米国出身を名乗る客が交渉の際にゲームやコミックは好きかと話題を振ってきた。そして巨大なバックパックから手のひらほどの機器を取り出し自慢気に寄越す。最新のニュースにて報道されていた商品で、新興メーカーが開発した通信機能を搭載するアミューズメントデバイスだと分かった。

"It's so funny."

彼は微笑みそう言って私にデバイスを紹介する。画面には、過去にビデオゲーム会社で担当したラプターの精霊がマップ上を翻していた。絶句するほかない。自分の苦心して手がけたキャラクターが遠く離れた場所で好色漢のなぐさみものになっているというのは。私の様子を不審に思ったようで彼は首を傾げ反応を促している。

"You are a profit player aren't you?"

だが所詮ルカは遊郭へ堕落した娼婦に過ぎない。いなしながらゲームマシンを返却すると客の首に腕を絡めた。

ことが済み、相手は少し迷うそぶりを見せ、万札券三枚のチップを寄越してきた。そして別れ際にこの島は冬の終わりのサンタフェのようだ、というようなことをつぶやく。深夜のネオン街の雑踏へ消えゆく旅人を見送った。サンタフェ……耳に残るその発音を真似てそっとつぶやいてみる。それが如何なる国に属する地名であるかなどどうでもいい。ただ、サンタフェならなんとかなるような気がした。

四――半荘終了

舌から醸される不快感により、その記憶は始まる。本来味覚を検知すべき神経反応が、虚ろなホワイトノイズとなり口内で滲む。旧口動物は、初期胚の原口すなわち嚢胚形成にて造られる細胞の陥入口が口腔となる。口から最初に自分の再実装が誕生したのだろうか？　次に前方を確認しようと視覚へ意識が向く。真っ暗だ。だが、それもいた仕方無いというものだ。まぶたを閉じているのだから。わずかに目を開けると、鉄の扉が立ちふさがっていた。控えめに冷やかな感触。腰の辺りの圧迫感に気づく。思い切り上半身に力を入れると、突如目の前が上から下へ展開する。四〇平米ほどの打放しとシックなスーツの男たちが視界に入った。鉄板は戸ではなくテーブルで、俺は今まで椅子に座って突っ伏していたということになる。

「あなたの名前をお答えできますか」

そう呼び掛けられ、単なるひっかけではないかというささかの疑念を抱きつつも、寝起きで呂律が回らないまま名乗る。

「これからツキノワさんにいくつか質問へ答えていただきます」

　確かに奴は俺をツキノワと呼んだ。それは優しかった祖母が伸び盛りだった頃の俺に付けたあだ名である。いや、違うな。フットボールクラブでコーチに呼びつけられる際の合図だったか。とにかくそれが自分を示す代名詞であることでは合点が行く。そこで、答えられる範囲で良ければ、と応じることにした。


「いま一番欲しいものは？」

「ミントの眠気覚ましですかね。どうにも考えが鈍いし」

「覚醒されると困るので。この部屋で起こっていることが目に焼き付いたら、君も後で辛くなるかも」

「謎めいていますね。闇に辿り着いて来たかな。暗部と言うか」

「暗部、という概念について具体例を提示できますか？」

「解明されていない素材の現象、というのはどうでしょう。みんな普段からその恩恵に与っているにもかかわらず」

「謎めく闇の素材。もし、そんな実例があるなら陳述してみせてよ」

　そこで俺は、机にある消しゴムのカケラから連想した、或る鉱石の特徴について説明してやった。かいつまんで記す。

「水晶——クリスタルという結晶素材が存在する。薄く切り出した鉱石を封入し、両端から微弱な電流を接続する。すると、石がわずかに震え電気信号が励振する。この現象を利用することにより、交流電力の生成や電磁波の発振が可能となる。

「例えば、一秒間に一千回の振動を観測できたなら、カタログスペック上一キロヘルツの発振能力として表記しうる。わたしたちはちいさな結晶のチカラを借り、航空機でフライトして、巨大なビルヂングを竣功し、あるいはメッセージをやりとりする。

「さて、その素子の組み合わせで発振するということは一応というか、まあ分かっている。しかるに、物理学ないしは材料物性工学そのほかのコンテクストに於いて、いずれの論理により懸かる励振作用が生じるのか。ここに関しては未だに解明されていない。

書記担当が鉛筆で台帳へ速記している。ストーリーを端折れば良かったか。しかし、それでは彼の職を奪ってしまうことになるだろう。ひとしきりのやりとりが済むと、ジェラルミン製スーツケースに入った備品が運び込まれ、机に広げられた。確か身に覚えのある品品。

「ここへ収容された際の所持品だね。いや、礼を失するようなことはしていない。全球凍結で破損がなかったか確認する決まりなので。ときに、この録音機みたいなものに入っている内容は、いったいなんなんだい？」

部屋に押し込まれて私物を見世物にされつつの状況で失礼のないようにもないだろう。とまれデジタルレコーダが目を着けられたようだ。説明するに気まずいシロモノで、どうにも厄介なハメになっちまった。苦笑まじりに申し開く。

「津々浦々を歩いて記録した環境音なんです。これが海岸。参道の露店街。空港のとか。毎数時間、連続で入っています。音効担当者や映像屋にオンラインで販売するので、情報商材」

案の定、説明への反応から手ごたえが得られない。諦観の念に染まりつつ「動物園」タグの音源を再生してみせる――混雑レベルはまばら、六曜は仏滅。みぞれ混じりの小雪で、外気温およそ三十五度――これはデータの冒頭に吹き込んでおいたアナウンスだ。

「真冬に三十五度？」

そういぶかる相手に即答してやった。

「華氏です。体感気温はファーレンハイト度で表現するのが伝わりやすいんで」

「遊び人キドリのシロウトが、一体どこで防護態勢を仕込んだのだ？」

なんの話をしているのだろうか……スルーしていたがヘンなことを言ってたな。全球凍結、ツキノワ――樫の樹木から飛び立つアブラゼミ。

新しい住居が見つかった。往を告げて来を知る、格納されたタイムラインを巻き戻す。昨晩は学生時代の仲間とエロ映画のレイトショーを鑑賞。夜明けまで横丁にて乱痴気騒ぎ、散会後に地下鉄へ滑り込んでどうにか帰宅した。意識が通る途中におぼろげな印象がふさがり呼吸の邪魔をする。なんとなれば、ヤサのベッドで蹲っている今自分の存在、それがなにより現実のはずだ。からまった糸くずへ静かに手を触れると、小さくなり消えてしまった。

ディアが見た砂漠

ディアが見た砂漠

人々が遊牧を生業としていた古代、場所は埃及《エジプト》の砂漠。灼熱の中を這うように一列の隊商が進んでいる。らくだ使いの見習いディア少年にも今日の日差しはやたら強く感じられた。日光が容赦なく照りつけるが、体にダメージとなる熱はむしろ地からの照り返しがより強いのではないかとも。風景は見渡す限りの砂の海。砂が盛り上がった小さな丘と、飲み込まれそうな谷。その組み合わせが地平線の先まで延々と続くのみ。隊商は三日月型の丘の輪郭を選んで轍とした。歩む足を踏み込んで、地から上げると忽ち足のあった部分に砂が流れ込み、足跡は影かたちなく埋もれてしまう。そうして前人が歩んだのか否かもはっきりとしない道を進む。道しるべは案内人が勤めているのでディアにも目的地へと向かっていることは判っているが、極熱の中である。ともすれば暑さで頭がどうにかなりそうになるのを必死で堪えて砂を踏み続けた。

ディアの父は国軍兵士だった。砂漠の海を越え地中海まで遠征し、マケドニアと対峙する軍艦に乗り込んだ。砂漠と勝手が違う海の上で、船酔いに耐え岩のように重い櫓を漕ぎ、それでも戦果を獲る。

　帰還兵の父はディアにこう話した。

「海の上では海の上での自活方法があるように、砂漠では砂漠のサバイバルがある。だが何よりも大切なことは、自分の判断に対する自信を失ったら負けだということだ」

　人は生まれながらの環境に適応する。砂漠の生まれの子どもは砂の丘を踏み照りつける日光を浴びながら生きる。ディアもまた、夜と砂嵐の日以外は移動できる心得を身につけ、やがて両親の希望で隊商への参加が決まった。ディアにとっては成り行きで決まった話であり、彼なりに抱く不安もあったが、住む村から遠く離れた場所を目にすることができるので楽しみの気持ちの方が大きかった。

「一度で良いから象が見たい」

　ディアがそう言うと母は抽斗《ひきだし》の奥から恭しく小石のような玉を取り出した。

「これは象に由来する香り玉よ。お守りに持って行きなさい」

　母は玉の穴に紐を通してディアの首に掛けた。


　隊商の移動は、これすなわちオアシス間を結ぶ点移動である。出発地から目的地まで直線で結ぶのではなく、途中のオアシスを如何に利用できるか考慮し、案内人が先導する。特に日差しが強い時間帯と夜は野営を開いて休止するが、それを除くとひたすら歩き続ける。因って大まかな速度は一日十五里（約五〇キロメートル）前後となる。行く道と進む方向は案内人に一任するが、隊列の統制は列長が取り仕切る。砂漠の移動は命懸けであることから、隊列の秩序や規律は厳しく管理されていた。進む速度、休止の時間、補給する水分の量、歩行間隔や列の乱れなど細かい部分まで列長に指摘される。従わない者は隊商から排除され砂漠に放置されることもしばしばあった。ゆえに列長の権限は絶対で、隊員の生死をも胸先三寸で握っていると言って過言ではない。

「見えたぞっ」

「おお、助かった」

「これでたっぷり水が飲めるぜい」

遠くの陽炎の先に緑繁る窪地が見えた。三日振りのオアシスである。みな精気を取り戻したように沸き返り、渇ききった喉を潤した。三〇坪程の小さな湖であるが、らくだ達もまた湖畔に陣取り大きな口で水を飲んでいる。ディアはらくだの荷物を下ろし背中を叩いて労をねぎらった。

「よく歩いたね。たんとお飲み」

彼もまた水を掬い飲み、そして水筒に補給した。エネルギー溢れる少年とはいえ、隊商付き添いはまだ馴れない仕事である。疲れも溜まっていた。ここで一区切りできると考え、どんなに安堵したか。

　だが、休憩をめぐって列長と案内人が言い合いをしていた。案内人は湖畔で一泊するべきだと主張したが、列長は先を急ぐよう命令した。

「時間がもったいない。もう出発するぞ」

「列長殿、合流地点への到着予定日には十分間に合います。ここで野営し英気を養いましょう」

「無駄に隊員を休ませるな。到着地で隊員に余裕が見えるようでは私の指導に隙があると判断されて上司からの評価が下がる」

　そのやりとりを聞いていた隊員の一人がつぶやいた。

「ちぇ、小さい奴に付いちまったな」

「貴様、今なんと言った。不平があるなら隊から出て行って貰って結構だぞ」

　隊員は皆黙ってうつむくだけだった。砂漠では権力を持つ人間の横暴に逆らえない。不条理な状況にディアは拳を握りしめた。

「さっさと歩け。だらしない奴は置いていくぞ」

　強い口調で命令する列長に、ディアは反論した。

「らくだが疲れています。もう少し休憩をください」

「なんだと」

　列長は思わぬ人物から反駁があったので、怒りを見せた。

「私の決定に不満かね、少年」

「らくだは、水を飲んですぐには歩けません。体内で水分が循環するのを待たないと却って――」

「行くのが嫌ならおまえとそのらくだだけここに居ろ。好きなだけな。上司には隊商から脱走して積み荷ごと谷に飲まれたと報告しておく」

列長はそう言うと休んでいる隊員を駆り立てた。皆けだるい動きで列を作る。少年も仕方なく後に続いた。そして出発の号令が鳴る。


水を補給せずに、四日間は歩いた。周囲はただ砂の丘が見えるのみ。行く先も、振り返る後ろも、緑地の陰すら見えない。隊員は案内人にオアシスはまだかと尋ねるが、もうそろそろ見えるはずだと繰り返すだけだった。ディアは、自分が自分であるかも分からない程くたびれていた。もしや自分は砂の谷の地中深くに居るのか、はてや太陽の炎の中に居るのかと。

さらに二日歩いた。水が摂れないままの移動は限界を超えて、隊員達は殺気立っていた。

「心臓が焼けるようだ、もう歩けない」

「頼む、一滴でもいいから俺に水をくれ」

そのような状態の中で案内人が補給基点の場所を探し当て、目的の地点まではたどり着いた。だが、そこには枯れ草と僅かに苔が残っているだけだった。

――あったはずのオアシスが、枯れている――

隊員達は絶望した。皆その場所で歩みを止めて次々と地面に倒れ込む。列長ももう皆を統制する意欲を失っていた。彼も同様に渇きが限界を超えていた。

ディアは、先のオアシスで休めなかった分らくだに飲ませようと、水筒に僅かに蓄えを残していた。他の隊員の目を忍んで水筒を取り出したが、列長がその様子を鋭く察知した。

「水を持っているのか。寄越せ」

列長はディアが握りしめる水筒を強引に奪った。そして一気に飲み干してしまうと、空の水筒をディアに投げつけ、こう言い放った。

「なんだ、これっぽちしかないのか」

少年は悔しさ余って列長から目を逸らしたが、ふと、視線の先に何かが見えるのに気がついた。見渡す限り砂漠の筈である。ディア以外の誰もそれに気付いていなかったが、オアシスとは違う、何かの人工物が在った。腕を伸ばしてそれを指す。

「あれは」

碧色の祭壇にも見えたが、距離があるのでディアには何なのか詳しくわからない。彼の声を聞いて隊員達は何気なくその方向を見ると、皆突如歓声を上げた。

「おい、あれだな」

「間違いない。ラピスラズリだ」

「神の思し召しだ」

隊員達はそれまでの意気消沈がうそであったかのように起き上がり、そして発見された物体――ある隊員はラピスラズリ、と呼んだ――に駆け寄った。ディアには得心が行かなかったが、それが何であるか確認する為、「ラピスラズリ」に歩み寄った。

そこには、腰くらいまである青い瓶が、蓋をされた状態で何十と並んでいた。隊員の一人が瓶を持ち上げ、中身を豪毅に飲み始めた。

「水だぜ」

「ありがてえ」

瓶は沢山あったので、隊員はめいめい瓶を抱えて飲み干した。一瓶頭から掛ける者もいた。

「なぜ、こんな物が」

ディアは独り疑問に捕捉されたまま動けなかった。

「俺も見るのは初めてだが、ラピスラズリの瓶と言ってな。なんでも、初任務の隊商員だけが見つけられる、象の使者からのお恵みだそうだ。助かったな」

水を頭からかぶった先輩格の隊員が、陽喜してディアに講釈した。

「象――」

列長がらくだに載っている樽を降ろし、積み荷を捨てた。担当の隊員があわてて止めに入るが、列長はそれを押しのけて空にした樽に瓶の水を注ぎ始めた。

「本物の清水だ。町に持って行けば高値で売れるぞ」

隊員達は列長の行為に呆気に取られていたが、やがて我を忘れた様子で自分の荷物を捨て、同様に樽や甕に水を注いだ。ディアは、忽然と現れた水瓶に硬直するほど動揺してしまう。そして、なんの疑問も抱かずに飲みあまつさえ横取りする大人たちを見て漠然とした不安を感じた。瓶の水を掌に注ぎ、じっくり観察してみる。確かに飲める水だったが、恐るおそる口にしようとした瞬間、らくだが暴れだした。勢いでひっぱられて体勢を崩し
「象のお守り」に水が掛かる。あわてて手綱を引くが、言うことを聞かずあさっての方向に突進し始めた。手綱を持ったままらくだを追いかけて、ディアは独り喧噪の隊から離れる。隊員たちは水をより多く取ろうと奪い合いのけんかをしていた。

ディアとて、水は欲しかった。数日間は一滴も口にしていない。汗だけが日射に蒸発す

る。歩めばあゆむほど疲労は溜まり目的地はむしろ遠くなるような感覚さえあった。あの瓶ひと瓶、いや、それどころか貰えるならもらえるだけ飲みたかった。暴走するらくだにひっぱられてどれだけ来ただろうか。砂山をひとつ越えて隊員たちが居た場所はもう見えない。らくだは落ち着きを取り戻したものの、混乱から方向感覚を失ったディアは元の場所が判らなくなってしまった。水もなく、らくだを連れてひとりきりである。不安と絶望がないまぜになって砂漠をうろうろするのみ。

――自分はこうしてこのまま消えるのか――

ディアの目にオアシスが見えた。砂漠を歩む者にとって希望の象徴のようなあの色鮮やかな茂みである。ディアはそれに向かって力を振り絞った。奇妙な話だが、あのオアシスにたどり着けるなら死んでもいいという思いだった。息絶えだえで到着し、喜びに震える手で水を掬った。ほんの一杯を口にすると、それだけで満足だった。大人たちが奪い合っていたあの瓶なぞは、最初から必要なかったと知ったかもしれない。

ディアは、湖畔に繋る背の低い草を枕にあお向けになってみた。らくだは穏やかな様子で隣に座っている。目に映る風景といえば砂漠と青い空のコントラストしか知らない。らくだを使い砂丘を歩み、僅かな水で喉をうるおす彼の人生は、だが智慧を授かるに不足ない。

「おーい」

　誰かがディアに呼びかけている。体を上げ声のした方を見ると、別の隊商服を着た男がらくだに乗ってやって来るのが見えた。男は、ディアの居た隊商と合流する予定だった他方の隊の列長だった。

「合流地点で待っていたんだが、なかなか来ないので捜索隊を出していたんだ。君、独りかい」

「僕だけ隊からはぐれてしまったんです。でも、助かりました」

「他の隊員も生きているんだね」

「はい。まだ見つかっていないのですか」

「君がやっと初めてだよ。捜索を続けよう。一緒に来てくれ」

　ディアはその列長のらくだに乗り、列長は手綱を引いた。道中にてこれまでの経路を説明した。

「出発地から五番目のオアシスが枯渇していたんです。はぐれたのもその付近です」

「五番目の給水基点かい。私はここに来る前に通ったが、水はあったよ」

　その列長は来た道をたどり、「五番目のオアシス」までディアを牽引した。そこは水をなみなみ湛えていたので少年は目を疑った。

「そんな…隊の人たちもいない」

「ふむ。君は本当にここまで来たのだね」

「ここに来て…確かにここから見えたんです。ラピス…ラズリの瓶が」

「ラピスラズリ、伝説の瓶か。それを皆飲んだのかい」

「はい。それで生きながらえているものと」

「そうか。残念ながら、もう君の隊員たちには会えないだろう。言い伝えでは、それは偽の瓶と水で人を砂漠に飲み込む魔のトラップだ」

「まさか。みんな喜んで飲んでいましたが…」

「極限状態に陥ると、理性をなくしそれが恵みの水になってしまう。悲しき人間の性だね。君が生き残れたのは、なにかお守りでも持っていたのかな」

ディアは急に気が付き首から提げた象の香り玉を触ってみた。瓶の水が掛かった表面が、群青色に変わっていた。

たにふかければ

たにふかければ

「おっさん、久しぶり」

「北京ちゃん、元気にしてたかい」

「問題なし。知克の結婚式以来だよね」

「他の従姉妹とはすっかり疎遠になっちゃってさ、正直、会えないかもと思ったよ」

「おっさん、編集者辞めてまだプーやってるって聞いたけど」

「ああ。今の生活にすっかり慣れちゃってね」

「これからのこと、考えたりしない。若い人に立派な姿を見せようとか」

「反面教師にしてくれよ。ま、老い先長くもないし」

「やめてよ。…飽きないものなの、そんな生活って」

「というか」

「…というか」

「人類は働き過ぎて疲れているようだから」

「…だから」

「率先して休んでいるんだ」

「それは殊勝なことで。アタシ達、ふたりとも無職だってよ。フィクションでも、こうは行かないね」

「君は作家志望なんだから、もっとプライドを持ってくれと」

「フリーターにゃプライドなんて足かせになるだけで」

「ある程度ゆとりがないと、文芸は難しいなあ」

「かつかつの生活で自分を追い込んで、魂に何かがじわっとしみ出す瞬間を待ってるわけよ」

「どういうわけだ…。じゃ、出会いを求めて、社会貢献しようよ」

「駄目だめ。何やっても徒労に終わるの目に見えてるから」

「活動していない人は、皆そう言うね」

「ムダなエネルギーはクソゲーやって発散してるからさ。それに、頑張って損するの厭じゃん」

「それも経験のうちだよ。そこから学ぶ物もあるはず」

「そう言うけど、何か始めようかと悩み出すとね、どうしてもネガティブになって…」

「ふんふん」

「おっさんみたいになったらどーしよーって思って…」

「失礼な」

「冗談。でも、アタシももうすぐ三十路だからさ…適当に仕事選ぶわけにもいかないし」

「人生に岐路はいくつか現れるだろうけど、どれを選んでも結局は帳尻合っちゃうものだよ。それとね、ゲームより小説を読んで欲しい」

「それだって、おっさんが編集者時代は結構面白い小説読めたのに、今じゃ…アンタが辞めたからだよ」

「今だって面白いだろ。君のアンテナが弱ってるんじゃない」

「本当に価値があるコンテンツなら、万障繰り合わせて飛び込んでくるよ。視覚的にも感覚的にも」

「じゃあ、フィクションの世界より日常が充実しているんだね」

「そうなのかな…日常と言えば最近、変な感覚がするの。時々ね、『これいつもやってる事だけど、今後は意味が変わるな…』って、一瞬感じるの」

「デジャヴのことかい」

「似てるけどそれとは違う、更新感…て言ったら良いのかな、既視感から更に進んだ物というか…」

「同じ行動が続いて、意味を求めるようになったのでは」

「未熟な時期は話す事も考えることも幼いものだが、大人になるとそれらを捨てる…なんかで聞いた話のようでもあり…」

「それは、単に目から鱗、というのと違うのかい」

「ウロコ…イヤよそんな俗物的な解釈」

「嘘うそ。大変結構。それだけセンスが拓いているということじゃないかな」

「そうでもないみたい。持ち込みしてもね…けんもほろろよ」

「作品が良くても態度良くしてないと、ダメだよ」

「そんなレベルじゃないの、『志望者はいくらでもいる』で終了」

「編集の常套句だね。面子を保ちたいだけなら、もってこいの申し開きだが、しかし――

それでは何も生み出せん」

「そうだよ。もっと言ってよ」

「文明が推進しない」

「そうそう」

「駄目な大人の逃げ口上だ」

「それからそれから」

「でも、君への対応としてはそれが正しいんだよ」

「え…なんかショック」

「いいんだよ。そういった経験が後で肥やしになってくる」

「元編集者としての希望的観測なんて」

「そんなものでは。僕が降りたのだって、先が見えたということもあったし」

「おっさん、ファイトだよ。アタシまで落ち込んじゃう」

「なに、気付いたら、世界は変わってるかもしれないよ。更新感、なんだろ」

「いいこと言うじゃん。おっさんはさ、山があって海に近い所に住んでるから、宇宙のアップデート受け入れやすいよね」

「宇宙の…ですか。そういうことは僕は分かんないな」

「こう、降り注ぐのよ、エーテルみたいなものが。で、やっぱ自然が沢山あったり太陽が近くにある場所が、感じて浴びるのに有利なの」

「それは良い物、と受け取っていいのかな」

「もちろん。不安になることもあるけど、バランスよくまとまって行くの」

「それは結構。だけど、妙な迷信にはハマってては駄目だよ」

「そんなんじゃないです」

「はっは。僕は、メシがうまい。山がきれいだ。空が青い。これだけで幸せなんだ」

「うーん、それが一番理想なのかも」

「それなら、君もこの町に来て、なにか更新して帰れるかもね」

「それって、文章が巧くなる、とか」

「急に乗り出しなさんな」

「プロの作家さんはさ、ストーリーテリングとか表現技術とか、段違いだし、比較するたびに自信なくすわけよ」

「そういったものは、執筆人生の最後の最後、のちに遺作と呼ばれるような作品を書く時までに身に付いていればいい」

「それじゃ遅いんだってばっ」

「テクニックより、大事な物があるんだよ。それまでは自分の才能を、じっくり、大切に温めておこうな」

「わたしは――できれば最先端を写して見せたいな」

「いいね。宇宙に行く。深海に潜る」

「そんな風にフィジカルな先端も好きなんだけど、わたしが探している物はその辺に転がってるの。石ころみたいに」

「なるほど」

「おっさんとこうして喋ってる時間も最先端だし、電車でｉＰｏｄ聴いてても同じ」

「ほう。その一瞬を、捉えたいと」

「心に浮かんだ、名前の付けられない『それ』を、書けたらいいな」

「うん。いいんじゃないかな。案外、読者に共感してもらえるかもね」

「今はさ、世の中おのおのが生きていくだけで必死なんだよね。そんな状況で、文芸にできることなんて知れてるし」

「フフ。それでも、書きたいんだろ」

「だから、思っていることを表現して、それを、読んだ人が『うん、うん』て肯いてくれるなら、何処かにある大切なものが救われるんじゃないかって」

「北京ちゃん。その通りだ。現在、世界は混沌としている。しかし、いや、だからこそ、社会との関係の中で『○○をしたい』という思いが芽生えたら、それはまことに善だ」

「うん」

「だから、モチベーションがあるならば、思うようにしなさい。行動に移して実現しなさい。本気を出せば後押ししてくれる人は現れるだろうし、もし行く道を阻む壁が現れても、それを乗り越える力は既に持っているはずだ」

「良い時代が来ると良いね」

「山高ければ、谷深し。冬が来れば――」

「春遠からじ、か。新しいの書いたら、また、おっさんに送るよ」

「すまないね。僕にもうちょっと力があれば」

「そんなことないって。ひとりでも大切な読者だし。それに、バイトでお金貯めて、同人やってみるわ」

「そうかい。若い人は前向きだな」

「いいのさ。どっちにせよ、こんな生き方しかできないし」

「頼もしい女の子だ。我々は、振り落とされないようにしがみつくだけだよ」

「よっこらせっと」

「帰るの」

「うん。そろそろ電車来るし。エネルギーの充填も完了だし」

「茂原まで乗せてくよ」

「ううん。路線に乗って帰りたい。でもありがと。おっさんに感謝アンドラブ」

「感謝アンド…それ、流行ってるの」

「全然。今思いついた。ついでに、地球の人類六〇億人に、感謝アンドラブ」

あとがきにかえて

本書は「黄金郷の河」を始めとした、筆者がおよそ一〇年の間に出版したり詩誌へ掲載された原稿をまとめたものです。

アルバイトや一時雇用などで食いつないでいると、「本当に今の自分はこれでいいのかな……」と漠然と悩んでしまうものです。「どうせ誰にも顧みられずに人生をフェードアウトしてしまうのなら、いっそやりたいことをやって散ってやろう」というのが案外良い方に転んだということなのでしょうか。私家版の冊子を手がけ始めたのもその頃で、勢いにまかせて小説などを書いてみたというのが、本書の著者となるに至るその端緒です。

書き続けているあいだ、思えば色いろなことがありました。なかでもマレーシアへ出張したときに現地で熱さと環境の違いから熱中症を起こして救急車で搬送されたできごとは、今となっては貴重な体験です。「散ってやろう」と勇ましいことを言っておきながら、「こんな終焉は嫌だ」とあがいてどうにか帰国すると、ありふれた日常への感謝の念が一層強く思い起こされたものです……と、まあこんなこぼれ話も添えてみたり。そのついでにクアラルンプール市内のビジネスセンターにて初稿を出力し国際電話で印刷会社様へ校正指示したのが、本書収録の「～第三篇」の元の本なんですね。これも筆者にとっては思い入れの深い一片です。

足駆け一〇年と紹介いたしましたが、草稿を読みかえすと思いのほか厚みの有る一時代であったように感じます。ひと昔とあっさり言い切れない、今に繋がる数珠かそれとも石畳のようでもあったり。さて、次の一〇年の間にどのような物語をご覧に入れる事が出来るのでしょう。より彩りの深いストーリーを創りたいと思っております。

――五月。湯布院

初出一覧

黄金郷の河（私家版）
第一篇　二〇〇八年七月一三日　初版発行
第二篇　二〇〇九年七月二六日　初版発行
第三篇　二〇一〇年八月二六日　初版発行
第四篇　二〇一一年六月二六日　初版発行
第五篇　二〇一一年一二月二三日　初版発行
第六篇　二〇一二年六月二六日　初版発行
第七篇　二〇一二年一二月二三日　初版発行

エレクトアリス　全一一篇　文芸誌「覇気」連載から抽出

前略、お前たちよ。生きろ
ブリティッシュ・ローストアンドティップス
コールサック　八七号（コールサック社刊）

タタール費用対効果の軛
コールサック　八八号（コールサック社刊）

エポックメイクス・サーバント
コールサック　八九号（コールサック社刊）

半荘終了
コールサック　九〇号（コールサック社刊）

ディアが見た砂漠（私家版）二〇〇九年二月一三日　初版発行

たにふかければ（私家版）二〇〇九年一二月二〇日　初版発行

著者紹介

鈴木貴雄／千葉県在住。千葉工業大学中退。
文芸誌などに執筆する。
商業出版の単行本としては本書にて処女作となる。

黄金郷の河

2018年1月11日 第1刷発行

著　者　鈴木貴雄
発行人　大杉　剛
発行所　株式会社 風詠社
〒553-0001　大阪市福島区海老江 5-2-7
ニュー野田阪神ビル 4 階
Tel 06（6136）8657　http://fueisha.com/
発売元　株式会社 星雲社
〒112-0005 東京都文京区水道 1-3-30
Tel 03（3868）3275
印刷・製本　シナノ印刷株式会社

ISBN978-4-434-24092-8 C0093